Rund um die Welt in 40 Jahren

Unionsverlag

Jubiläumsausgabe

Zu diesem Buch

Wenn das Tagwerk vollbracht ist, ruft die Mutter ihre Kinder um das Feuer und erzählt ihnen Geschichten vom Großvater, dem mächtigen Scheich des Beduinenstammes aus dem Negev. Acht Nächte lang erzählt sie von seinen acht Frauen, von Glück und Sorge, von Streit, Solidarität und Versöhnung, vom vielfältigen Beziehungsgeflecht des alten Stammeslebens.
Von seiner Mutter hat Salim Alafenisch die Kunst des Geschichtenerzählens übernommen. Im Scheichzelt seines Vaters, in dem die Gäste mit gewürztem Kaffee empfangen wurden und in dem Recht gesprochen wurde, nahm er die Tradition seines Stammes auf und trägt sie nun weiter. Ebenso poetisch wie präzis gibt er Einblick in die Sitten und Gebräuche der Wüste.

Der Autor

Salim Alafenisch wurde 1948 als Sohn eines Beduinenscheichs in der Negev-Wüste geboren. Als Kind hütete er die Kamele seines Vaters, mit vierzehn Jahren lernte er lesen und schreiben. Nach dem Gymnasium in Nazareth und einem einjährigen Aufenthalt in London studierte er Ethnologie, Soziologie und Psychologie an der Universität Heidelberg. Seit Langem beschäftigt er sich mit der orientalischen Erzählkunst. Er liest seine Geschichten nicht vor, sondern erzählt sie frei. Salim Alafenisch lebt in Heidelberg. Seine Bücher wurden in mehrere Sprachen übersetzt.

Im Unionsverlag sind außerdem erschienen: *Die Nacht der Wünsche; Das Kamel mit dem Nasenring; Der Weihrauchhändler; Das versteinerte Zelt; Die Feuerprobe; Amira – Prinzessin der Wüste* und *Amira – im Brautzelt.*

Mehr über Buch und Autor auf *www.unionsverlag.com*

Salim Alafenisch

Die acht Frauen des Großvaters

Erzählung

Unionsverlag

Die erste Ausgabe im Unionsverlag erschien 1989.

Im Internet
Aktuelle Informationen, Dokumente, Materialien
zu Salim Alafenisch und diesem Buch
www.unionsverlag.com

Unionsverlag Taschenbuch 682

Rieterstrasse 18, CH-8027 Zürich
Telefon +41-44-283 20 00, Fax +41-44-283 20 01
mail@unionsverlag.ch

Umschlaggestaltung: Martina Heuer, Zürich
Umschlagbild: Nabil Lahoud, »Nubian Composition«
Druck und Bindung: CPI – Clausen & Bosse, Leck
ISBN 978-3-293-20682-3

Die Alten sind die Brunnen,
aus denen die Jungen schöpfen.

Beduinisches Sprichwort

Für meinen Vater, Scheich Mohammed,
dessen Zelt der Duft gewürzten Kaffees erfüllte,
und für meine Mutter Hesen,
die mich in die Kunst des Erzählens einführte.

Inhalt

Es war ein glutheißer Sommertag, als ich mich von den Männern, Frauen und Kindern meines Stammes verabschiedete und das Flugzeug bestieg, das mich in wenigen Stunden nach Europa zurückbringen würde.

Nach meinem Studienaufenthalt in Heidelberg und nach Erlangung eines akademischen Grades freute ich mich sehr über den Besuch bei meinem Stamm. Meine Ankunft im Zeltlager bereitete den Stammesbrüdern große Freude. Sie waren froh, den Gast nach so vielen Jahren wiederzusehen, und stolz auf den ersten Universitätsabsolventen aus dem Stamm. Ein großes Zelt war bereits aufgeschlagen, in dem mein Besuch mit einem Fest gefeiert wurde.

Am nächtlichen Feuer saß ich mit den Männern beisammen, die meinen Erzählungen über das Leben in Europa lauschten. Dann packte ich meine Urkunde aus der Mappe und zeigte sie den Männern. Die Urkunde ging von Hand zu Hand. Jeder hielt das Papier eine Weile vor seinen Augen und betrachtete die Schrift. Als der alte Hussein an der Reihe war, weilte die Urkunde lange bei ihm. Forschend musterte er sie, wobei seine Augen immer größer wurden, als ob er sie lesen könnte. Fragend betrachtete er sie von allen Seiten. Dann gab er sie weiter.

Als das Papier seine Wanderschaft im Männerzelt beendet hatte und endlich zu mir zurückkam, war es mit zahlreichen Fingerabdrücken besiegelt.

Der alte Hussein schlürfte seinen gewürzten Kaffee, dann nahm er einen langen Zug von seiner Zigarette und richtete seinen Blick auf mich. »Es ist gut, dass du schreiben und lesen gelernt hast. Der Stamm ist stolz auf dich!« Er strich seinen schneeweißen Bart und fuhr fort: »Aber vergiss nicht, Bruder, dass es im Leben andere Dinge gibt, als Bücher zu lesen! Unsere Vorfahren sagten: Im Frühling spazieren zu gehen, Mädchen zu lieben und Pferde zu reiten, verlängert das Leben! Dein Großvater hat acht Frauen geheiratet. Wann wird der Stamm dein Hochzeitsfest feiern?«

Ausweichend erwiderte ich dem Alten: »Ich bin noch jung, und ich möchte noch eine größere Urkunde haben!«

Hussein, der meine Verlegenheit erkannt hatte, sprach: »Dann werden wir deine große Urkunde und dein Hochzeitsfest gleichzeitig feiern!«

Aber die Worte des alten Hussein hatten eine Erinnerung in mir wachgerufen. Ich besann mich, die Geschichte der acht Frauen meines Großvaters niederzuschreiben.

Es war Frühling, und der Mond warf sein silbernes Licht auf die Zelte unseres Stammeslagers. In seinem Zelt saß der Scheich mit einigen Männern beisammen und sprach über das regenreiche, gesegnete Jahr. Es gab genug Wasser in den Brunnen und ausreichend Weide für die Herden. Voll Wohlgefallen betrachteten die Männer die Tiere, die im Mondschein weideten. Und die Frauen freuten sich am nächsten Morgen über die prallen Euter der Ziegen und Schafe.

Die Beduinen lieben den Frühling. Es ist nicht mehr kühl wie im Winter, die Frühlingsabende sind lau. Es gibt genug Futter für die Herden. Und man freut sich über den leckeren Ziegenkäse und die Sauermilch. Daher gehört der Frühling zu den drei Dingen, die das Leben länger machen.

Die bevorstehenden Hochzeitsfeste waren ein wichtiges Thema im Männerzelt. Man heiratet gerne im Frühling. Das Wetter ist angenehm warm. Die Lämmer und Zicklein werden allmählich schlachtreif. Während die Männer sich über das Heiraten unterhielten, lauschten die Kinder mit gespitzten Ohren. Sie freuten sich auf die Feste, am meisten wegen der Süßigkeiten, die man auf dem Bazar kaufte.

Eines dieser bevorstehenden Feste war die Hochzeitsfeier von Rasched. Er und sein Vater würden am nächsten Vollmond in derselben Nacht heiraten.

Das gemeinsame Hochzeitsfest von Vater und Sohn ist nicht gerade beliebt bei den Frauen, aber der Aufwand ist geringer, als wenn man zwei Feste ausrichten würde. Rascheds Mutter begleitete die Vorbereitungen für die Festlichkeiten mit gemischten Gefühlen. Die Hochzeit ihres ersten Sohnes erfüllte die Mutter mit Stolz. Ihre Schwiegertochter würde ihr einen Teil der schweren Zeltarbeit abnehmen, und nach einem Jahr könnte sie ihr erstes Enkelkind auf dem Schoße schaukeln.

Aber da war noch dieses zweite Hochzeitsfest. So sehr sie sich über die Hochzeit ihres Sohnes freute, so sehr ärgerte sie sich über die ihres Mannes. Verletzter Stolz und Trauer erfüllten ihr Herz.

Während ich im Männerzelt saß, dicht gekauert unter dem Umhang meines Vaters, und den Gesprächen der Männer lauschte, rief mich mein Bruder: »Komm schnell!«

»Was willst du von mir?«, fragte ich ihn verärgert.

»Ich will nichts von dir. Mutter schickt mich. Sie will uns die lange versprochene Geschichte von den acht Frauen des Großvaters erzählen. Sie erzählt die Geschichte nur, wenn du auch dabei bist.«

Ich schlüpfte aus dem Umhang. »Ach ja, das ist schön. Ich dachte schon, es gäbe etwas zu tun im Zelt. Die Männer erzählen von den Festen. Es wird im nächsten Monat viele Süßigkeiten geben!«

Mein Bruder lachte: »Seit wann interessierst du dich fürs Heiraten? Du bist noch klein. Hochzeitsfeste gibt es genug. Aber die Geschichte von unserem Großvater ist einzigartig.«

Mein Bruder Hassan nahm mich bei der Hand, und so rannten wir durch das Zeltlager. Beinahe wäre ich über einen Zeltpflock gestolpert, aber Hassan hielt mich fest.

Als wir unser Zelt erreichten, waren wir außer Atem. Wir setzten uns zu der Mutter an die Feuerstelle. Auf der Flamme des getrockneten Kamelmists brodelte eine Kanne Tee für uns Kinder und eine Kanne Kaffee für die Mutter. Der Kaffeeduft und der Duft des mit Nelken gewürzten Tees erfüllten das Zelt. Meine Geschwister und ich saßen rings um die Feuerstelle und betrachteten die glühenden Kamelbällchen.

»Seht ihr, meine Löwen, wie gut, dass wir genug Brennmaterial für das Feuer haben!« Und sie schaute uns an.

Wir verstanden, dass sie Kameläpfel brauchte, um Fladenbrot zu backen. Und so versprachen wir hoch und heilig, dass jeder von uns für jede Geschichte, die sie uns erzählte, ein Gewand voll Kameläpfel bringen würde.

Märchen- und Geschichtenerzählen ist eine Kunst, die meine Mutter meisterhaft beherrschte. Sie nahm sich viel Zeit. Nach dem Kaffee- und Teekochen war das Rauchen an der Reihe. Sie war nicht geschickt beim Zigarettendrehen. Ich nahm den Tabakbeutel und drehte für sie eine dicke Zigarette, damit ich nicht schon bald wieder die nächste drehen musste. So habe ich das Zigarettendrehen gut gelernt.

Behutsam nahm sie mit der kleinen Zange einen glühenden Kamelapfel und zündete damit ihre Zigarette an. Dann trank sie einen Schluck heißen, mit Kardamom gewürzten Kaffee. Sie kratzte ihre Nase und hub an zu erzählen.

»Ihr wollt die Geschichte der acht Frauen des Großvaters hören?«

Ungeduldig erwiderte mein Bruder Ibrahim: »Ja, wir warten schon.«

»Diese Geschichte ist keine einfache Geschichte. Sie ist länger als die anderen. Sie besteht aus acht Teilen. Jede Frau hat ihre eigene Geschichte. Eine Nacht würde nicht ausreichen, um sie alle zu erzählen.« Sie nahm einen langen Zug von ihrer Zigarette. Die Rauchwolke stieg bis zum Zeltdach.

»Die Geschichte ist wirklich lang. Heute erzähle ich euch die der ersten Frau. Wenn sie euch dann gefällt, bringt ihr mir morgen den versprochenen Kamelmist.«

So einigten wir uns mit der Mutter. Für jede Geschichte sollte sie ein Gewand voll Kameläpfel bekommen. Meine Mutter war mit dem Handel zufrieden, und wir waren glücklich, die nächsten acht Nächte Geschichten zu hören.

Aischa

Im Zelt war es mucksmäuschenstill, als meine Mutter ihre Stimme erhob: Heute Nacht erzähle ich euch, meine Löwen, die Geschichte von Aischa, der ersten Frau des Großvaters.

Der Großvater war ein gut aussehender Mann. Er war groß und schlank, und seine vier schwarzen Haarzöpfe reichten fast bis zum Gürtel seines Gewandes. In seiner Jugend war er ein tapferer Kamelhirte. Das Weiden bringt Mädchen und Knaben zusammen. Hirten und Hirtinnen spielen miteinander, während die Tiere das Gras fressen. Durch das zusammen Spielen ergeben sich viele Liebesgeschichten. Der Augapfel eures Großvaters war seine Cousine Aischa. Sie war ein schlankes Mädchen, wirklich, so schlank wie eine Palme. Ihre Augen waren so schwarz wie Kameläpfel in der Milchschale. Ihren Kopf bekränzte ein dichter Busch von schwarzem Haar, das sich nur mühsam zu Zöpfen bändigen ließ.

Während die Kamelherden gierig das Gras fraßen, legte euer Großvater sein Haupt in Aischas Schoß, und sie begann, mit ihren Händen in seinen langen Haarzöpfen zu spielen. Und er strich ihr über den Kleiderausschnitt und spürte den langen, schlanken Hals.

Eines Tages, während der Großvater seinen Kopf in Aischas Schoß gebettet hatte, sprach er zu ihr: »O meine Cousine! Wir spielen seit vielen Jahren zusammen. Die Zeit ist gekommen, dass wir dem Weg unserer Vorfahren folgen!«

»Was meinst du, mein Augapfel?«

»Ich meine, wir haben das Heiratsalter erreicht. Seit unserer Kindheit hüten wir zusammen die Kamele. Es gibt andere Dinge im Leben, als Kamele zu hüten!«

»Mein teurer Vetter! Einen besseren als dich kann ich nicht finden. Lieber schlafe ich zu deinen Füßen als beim Kopf eines anderen!«

Als er diese Worte vernahm, legte er seinen Arm um ihren Kleidergürtel. Und sie küsste ihn auf seine braunen Wangen, löste ihre Zöpfe und ließ ihr prächtiges Haar über ihn gleiten. Ihre Haare umfingen sein Haupt wie ein kleines, schwarzes Zelt.

So verbrachten der Großvater und seine Cousine den Tag auf der Weide. Als die Sonne über den Bergen stand und sich langsam von unserem Stamm verabschiedete, trieben sie ihre Herden in Richtung des Zeltlagers. Auf dem Heimweg sprach der Großvater zu seiner Cousine: »Ich werde heute Abend die Sache mit meinem Vater bereden, und besprich du die Angelegenheit mit deiner Mutter.«

Als die Kamelherden das Zeltlager erreicht hatten, wurden sie mit Freude empfangen. Die Frauen molken die Kamele. Dann nahm man das abendliche Mahl zu sich: Kamelmilch und Fladenbrot. Dann wurden die bunten Teppiche vor den Zelten ausgerollt. Eine angenehme Frühlingsbrise strich über das Zeltlager. Der nächtliche Himmel war mit Sternen bestickt.

Der Großvater rief seinen Vater neben das Zelt. Beide setzten sich in das kühle Gras.

»Vater, ich muss mit dir reden!«

»Ich höre, mein Sohn.«

»O Vater! Allah möge dir ein langes Leben schenken und deine Ehre schützen! Ich bin groß und habe das Mannesalter erreicht.« Er senkte seinen Blick zu Boden und fuhr fort: »Ich möchte heiraten!«

Der Vater strich seinen schneeweißen, langen Bart und richtete versonnen den Blick nach oben. Dann erwiderte er: »Auch ich habe schon daran gedacht. Ich möchte mit meinen Enkeln spielen.« Und er fuhr fort: »Hast du ein bestimmtes Mädchen aus unserem Stamm im Sinn?«

»Meine Cousine Aischa! Sie ist eine tüchtige Kamelhirtin, und wir spielen zusammen auf der Weide. Wir kennen uns gut.«

Das Gesicht des Vaters strahlte. »An sie habe ich auch gedacht. Ich werde die Angelegenheit mit meinem Bruder regeln«, erwiderte der Vater.

Auch Aischa sprach an diesem Abend mit ihrer Mutter. »O meine teure Mutter! Allah möge dir Gesundheit schenken! Ich bin groß, und seit zwei Frühlingen bekomme ich meine Tage. Mein Vetter hat mir heute auf der Weide einen Heiratsantrag gemacht.«

Die Mutter kratzte ihre Nase und dachte nach. »Darüber kann ich nicht allein entscheiden. Aber ich verspreche dir, dass ich heute Nacht mit deinem Vater darüber reden werde. Dein Vetter ist ein braver Junge!«

Aischa stand auf und küsste ihre Mutter auf die Stirn. Und die Mutter sagte mit beschwichtigender Stimme: »Ich werde sehen, was ich tun kann, mein Kind. Jetzt geh und schlafe, morgen früh wirst du deine Kamele zur Weide führen.«

Spät in der Nacht kehrte Aischas Vater aus dem Männerzelt zurück. Als er sich neben seine Frau auf das Lager legte, fand er diese noch wach. »Einer der Stammesgäste erzählte uns viele spannende Geschichten, bis es spät wurde«, sagte der Vater.

»Es ist Vollmond, und auch ich kann nicht einschlafen«, bemerkte Aischas Mutter. Sie griff nach ihrem Tabaksbeutel und drehte sich eine Zigarette. Sie begann zu rauchen. »Höre«, sagte sie, »ich muss mit dir über unsere Tochter reden. Die Ehre einer Frau ist wie Glas: Wenn es zerbricht, kann es nicht wieder zusammengefügt werden.«

»Ist etwas Schlimmes passiert?«, unterbrach der Vater seine Frau.

»Nein«, beruhigte ihn diese, und sie fuhr fort: »Aber Aischa ist groß, und man weiß nicht, was ihr auf dem Weg zur Weide alles zustoßen könnte. Heiraten ist die beste Sicherheit für ein Mädchen!« Aischa lauschte unter dem Kamelfell den Worten ihrer Mutter.

Der Vater hatte aufmerksam zugehört. Er überlegte eine Weile, dann sprach er: »Ich kann nicht zu den Männern gehen und meine Tochter anbieten wie ein Kamel auf dem Markt!«

»So habe ich das auch nicht gemeint. Ich bin eine Frau, die die Sitten kennt.«

»An wen hast du gedacht! Hast du etwas gerochen?«, fragte der Vater und reckte seinen Hals wie ein neugieriges Kamel.

Die Mutter lächelte: »Du weißt doch, Aischa geht mit ihrem Vetter seit vielen Jahren auf die Weide!«

»Ach so! Ich verstehe«, nickte der Vater. Und Aischas Mutter legte ihren Arm über seine Brust und erzählte ihm die Geschichte von der Weide.

»Dann werden wir bald Besuch bekommen«, sagte der Vater. Und so sprachen sie miteinander, bis der Schlaf sie überwältigte.

Am nächsten Morgen führte Aischa ihre Kamelherde zur Weide und traf dort ihren Vetter. Sie erzählten einander von den Gesprächen mit ihren Eltern.

Als die Herde das Zeltlager verlassen hatte, begab sich euer Urgroßvater zu seinem Bruder. Vor dem Zelteingang wurde er empfangen: »Der Gast sei willkommen!«

»Ich möchte heute bei euch den gewürzten Morgenkaffee trinken!«, erwiderte der Gast.

»Der Gast sei willkommen, mein teurer Bruder!« Und Aischas Mutter rollte den besten Teppich aus.

»Ich gehöre doch zur Familie«, sagte der Gast, als er den bunten Teppich sah.

»Wer ist ein ehrenhafterer Gast als du?«, erwiderte Aischas Mutter, und ihr Gesicht strahlte. So tranken sie den Morgenkaffee und sprachen über dies und das, die Kamele und die Weiden, über die Blutrache im Nachbarstamm und die Salzkarawane.

Nach geraumer Zeit sprach der Gast: »O Bruder, mein Augapfel!« Und er strich sich über den Schnurrbart. »Wir sind alt, und wir danken Allah, dass wir Nachkommen haben, die unsere Namen weitertragen. Mein Sohn und deine Tochter sind groß geworden. Heiraten ist eine gute Sache für das Mädchen und für den Jungen. Es bindet unsere Kinder zusammen und stärkt unsere Sippe. Ich bin heute zu dir gekommen, um dich um Aischas Hand zu bitten.«

Aischas Vater nahm einen Schluck aus dem Kaffeeschälchen und erwiderte: »Du weißt, mein Bruder, deine Kinder haben einen Platz in meinem Herzen. Die Cousinenheirat haben schon unsere Vorfahren bevorzugt. Sie sagten: Heirate deine Cousine, auch wenn niemand sie heiraten will, und folge dem Weg, auch wenn er lang ist! Dein Sohn kennt meine Tochter, und meine Tochter kennt ihn. So bleibt die Sache in der Familie.«

»Dann können wir die Angelegenheit gleich unter uns beim Morgenkaffee regeln. Wie viele Kamele willst du als Brautgabe für deine Tochter haben? Meine Kamelherde ist groß. Was du davon nimmst, ist mir lieber, als was du lässt.«

Aischas Vater schwieg einen Moment. Dann sprach er zu seinem Bruder: »Ich werde Aischa Sallam ohne Brautgabe geben. Er ist nicht nur ihr Vetter, sondern auch ihr Beschützer!«

»Ich danke dir, Bruder, für deine Großzügigkeit. Brautgabe willst du nicht haben. Dann verspreche ich dir meine Tochter Nasrah für deinen Sohn Abd-Allah.«

So legten die Männer die Hände ineinander und murmelten Verse aus dem Koran. Dann trällerte Aischas Mutter dreimal. Und so wurde die erste Ehe des Großvaters geschlossen.

Die Nachricht von der Vereinbarung verbreitete sich wie ein Lauffeuer im Stammeslager. Sie erreichte Aischa bereits auf dem Rückweg von der Weide. Und die Männer kamen, um eurem Großvater zu gratulieren.

Am Abend sprach Aischas Vater zu seiner Tochter: »Du bist nun verlobt. Ab morgen führst du die Kamele nicht mehr zur Weide. Nura soll die Herde zur Weide führen.«

Als Nura diese Worte vernahm, ärgerte sie sich. »Die Herde zur Weide führen ist nicht einfach. Den ganzen Tag muss man sich nur um die Kamele kümmern.«

Aischa ermunterte sie: »Das stimmt nicht! Du brauchst die Herde nicht zu füttern. Sie finden ihr Fressen allein, und mit der Zeit lernst du andere Sachen durch das Weiden, die du im Zelt nicht erfahren kannst.«

»Du willst mir nur das Weiden schmackhaft machen«, zürnte die kleine Schwester.

So vergingen die Tage. Allmählich begannen die Vorbereitungen für das Hochzeitsfest. Stoffe, Henna und Süßigkeiten wurden in Gaza gekauft. Die Frauen waren mit dem Aufschlagen der Hochzeitszelte beschäftigt. Es gab ein großes Zelt für die Männer und ein Zelt für die Frauen. Beide wurden mit weißen Fahnen versehen. Das Frauenzelt wurde mit einer Puppe geschmückt. Diese wurde in feine Stoffe gekleidet, ihre Augen mit Kajal geschminkt und auf dem Vorderteil des Zeltes befestigt.

Am Tag ritten die Kamel- und Pferdereiter aus unserem Stamm und aus den Nachbarstämmen vor den Zelten. Und die Frauen sangen und trällerten. In der Nacht tanzten die Männer vor dem Frauenzelt im Mondschein. Vor jeder Männergruppe tanzte eine Frau, die ein Schwert in der Hand führte, und die anderen Frauen sangen und tanzten.

So feierte man in unserm Stamm. Die Tage vergingen, und der nächste Vollmond näherte sich. Aischas Vater, seine Frau und die Braut ritten in die Stadt und kauften für die Braut Armreifen, Ohrringe und Halsketten. Und Aischas Mutter gab ihrer Tochter eine ihrer Perlenketten und eine Goldmünze.

Am Tag der Hochzeitsnacht wurde ein Kamel zum Frauenzelt gebracht. Die Frauen befestigten einen Reitkorb und schmückten das Brautkamel mit fein bestickten Stoffen und gewobenen Teppichen. Ketten wurden um den Kamelhals gehängt. Das Tier sah aus wie ein blühender Strauch auf dem Weideplatz. Andere Frauen waren mit dem Brautzelt beschäftigt. In der Nähe des Frauenzeltes schlugen sie ein kleines Zelt auf. Dieses wurde mehr als die beiden anderen geschmückt. Teppiche mit bunten Farben wurden auf dem Boden ausgerollt. Eine weiße Fahne wurde auf dem Zelt befestigt. Mit Matratzen, Kissen und Decken wurde das Hochzeitslager bereitet.

Auch im Zeltlager der Braut herrschte reges Treiben. Freundinnen hatten die Braut gewaschen. Ihre großen, schwarzen Augen waren mit Kajal geschminkt. Die Haartracht wurde mit Perlen und Muscheln verziert. Perlenketten schmückten ihren schönen, schlanken Hals, und Ringe zierten ihre Finger. In ihrem fein bestickten Hochzeitskleid sah sie wie eine Prinzessin aus. Als das Brautkamel vorbereitet war, setzten sich zwei Mädchen in den Reitkorb, und das alte Kamel machte sich mit langsamen Schritten auf den Weg zu dem Zeltlager der Braut. Frauen und Männer begleiteten das Brautkamel. Der Gesang der Frauen begleitete den Zug.

Man führte das Brautkamel zu Aischas Zelt. Die Männer begaben sich ins Scheichzelt. Während die Frauen und Männer im Zeltlager der Braut sangen und tanzten, wurde ein festliches Mahl zubereitet. Drei Lämmer waren geschlachtet worden, und der Duft des zarten Fleisches mischte sich mit dem Duft der Gemüse und Kräuter.

Nachdem die Gäste das Festmahl genossen hatten, sprach der Scheich zum Brautvater: »Das Brautkamel hat sich vor dein Zelt niedergekniet.«

»Das Kamel ist willkommen!«, erwiderte der Vater und erhob sich. Als er sein Zelt betrat, sah er seine Tochter im Brautschmuck, umringt von einer Schar Mädchen. »O Aischa«, wandte er sich an die Braut, »das Brautkamel wartet auf dich.« Er reichte ihr die Hand und geleitete sie vor das Zelt.

Aischa ließ sich im Brautkorb nieder, und zwei Mädchen setzten sich ihr zur Seite. Tränen rollten über die Wangen der Braut und mischten sich mit dem schwarzen Kajal. Auch der Brautvater konnte seine Tränen nicht unterdrücken.

»Mädchen und Pferde sind teuer. Man gibt sie nicht gerne aus der Hand«, bemerkte ein alter Beduine, der die Szene beobachtete.

Unter lautem Gesang stand das Brautkamel auf und setzte sich in Bewegung, begleitet von Reitern und singenden Frauen. Auf dem Weg zum Brautzelt kamen Männer und Frauen und luden den Zug ein, aber man dankte für die Einladung, und die Brautkarawane zog weiter. Dies ist eine alte Sitte, meine Kinder! Wenn die Braut von weit her gebracht wurde, übernachteten das Brautkamel und seine Begleiter in einem Stammeslager, und am nächsten Tag setzte die Brautkarawane ihre Reise fort.

Währenddessen war auch der Bräutigam auf die Hochzeitsnacht vorbereitet worden. Seine Freunde hatten ihn gewaschen und rasiert. Ein mit Silber beschlagener und mit Perlen verzierter Dolch schmückte den Gürtel seines Kleides. Er trug ein weißes Gewand und einen schwarzen Umhang, dazu eine feine Kopfbedeckung.

Als die Sonne über den Zeltrücken stand, erreichte die Brautkarawane das Zeltlager des Bräutigams. Das Brautkamel wurde zum Frauenzelt geleitet. Dort wurde die Braut von ihrem Onkel empfangen. Er reichte ihr die Hand und half ihr beim Absteigen. Dann sprach er: »Willkommen! Willkommen, meine Nichte! Meine rechte Schulter ist Brot, und die linke ist Wasser. Bei mir findest du Schutz und Sicherheit.«

Dann wurde die Braut in das Frauenzelt geführt, in dem sich die Frauen zu ihrer Begrüßung versammelt hatten. Frauen und Mädchen umringten die Braut und begannen, zu tanzen und zu singen. Eines der Mädchen sprach zu der Braut: »Oh, du schöne Braut! Wir freuen uns über deine Hochzeitsnacht! Der Bräutigam ist dein Spielfreund auf der Weide, er ist dein Vetter.«

Die Männer schlachteten Lämmer und kochten das Fleisch in großen Töpfen. Der Duft vermischte sich mit dem des Fladenbrotes und verbreitete sich im Zeltlager. Während Frauen, Männer und Kinder das festliche Mahl verspeisten, erhob sich der Vollmond und warf sein Licht über das Brautzelt. Männer tanzten vor dem Frauenzelt. Die Frauen sangen dazu.

Mehrere Mädchen und Frauen begleiteten die Braut zum Hochzeitslager. Die laue Frühlingsbrise vermischte sich mit dem Duft des Weihrauchs. Nach geraumer Zeit zogen sich die Frauen und Mädchen nach und nach aus dem Brautzelt zurück in das Frauenzelt.

Da sprach ein Freund zum Bräutigam: »O Glücklicher! Komm, deine Braut wartet auf dich!« Seine verheirateten Freunde hatten ihm schon von den Wonnen der Hochzeitsnacht erzählt und gaben ihm Ratschläge, wie er sich der Braut gegenüber verhalten sollte. Langsam näherte sich die Schar der jungen Männer dem Brautzelt. Vor dem Eingang hüstelte einer, um die Ankunft des Bräutigams anzukündigen. Unter Glückwünschen von allen Seiten ermunterte man den Bräutigam und gab ihm noch einen leichten Schubs: »Tritt ein!«

Der Bräutigam hob den Zelteingang hoch und trat ein. Einer seiner Begleiter feuerte drei Schüsse ab, und die Frauen trällerten.

Als der Bräutigam das Zelt betrat, fand er die Braut alleine. Er setzte sich neben sie auf das Hochzeitslager.

»Die Braut sei willkommen!«, sagte der Bräutigam.

Sie blickten einander tief in die Augen. Sie spürten, dass diese Begegnung anders war als die üblichen Treffen auf der Weide. Dann sprach der Bräutigam: »O meine Cousine! Auf dem Weideplatz haben wir zusammen gespielt und viel Zeit miteinander verbracht. Nun, wir werden das auch weiter tun. Heiraten ist der Weg, den unsere Vorfahren gingen. Wir werden dieser Karawane folgen, und als Begleiter auf diesem Weg hast du deinen Vetter. Ich werde in harten Zeiten an deiner Seite stehen.«

Die Braut erwiderte: »Ich bin glücklich, meinen Vetter zum Ehemann zu haben. Auch ich werde an deiner Seite stehen und nichts von dir verlangen, was du nicht erfüllen kannst. Allah möge uns viele Kinder schenken!«

Sie erzählten einander von den Vorbereitungen des Hochzeitsfestes. Sie bewunderten einander in den prächtigen Gewändern der Hochzeitsnacht. Dann erhob sich der Bräutigam und trat zur Feuerstelle. Er nahm ein Stückchen Weihrauch und warf es in die Glut. Nach einer Weile hoben sich Rauchsäulen, und der Duft erfüllte das kleine Zelt.

Der Bräutigam ließ sich neben der Braut nieder. Behutsam lüftete er den Schleier und streichelte ihre Wangen. Und die Braut spielte mit seinen langen Haarzöpfen. Währenddessen hörten sie aus der Ferne den Stammesdichter vor dem Frauenzelt die Verse singen, die sich an die Braut richteten:

Dein Vater schenkt Kamele und Pferde.
Sei du im Schenken ihm gleich!

Als die Braut und der Bräutigam diese Verse vernahmen, erhob sich der Bräutigam, ging zur Öllampe und drehte das Licht zurück. Mondstrahlen traten durch die Zeltlöcher.

Der Bräutigam überreichte der Braut ein Geschenk und sprach: »Gib mir, was die Tradition uns erlaubt!«

Stück um Stück legte die Braut ihren Schmuck auf den Teppich, während der Bräutigam seinen Gewandgürtel löste. Und so verbrachten beide den ersten Teil der Nacht auf dem Hochzeitslager.

Gegen Mitternacht erhob sich der Bräutigam, füllte die Taschen seines Gewandes mit Süßigkeiten und trat aus dem Zelt. Neben dem Brautzelt empfingen ihn seine Freunde: »Gesegnet sei, was du getan hast! Gratuliere!«

Sie umarmten den Bräutigam und überhäuften ihn mit Küssen. Er drückte jedem ein paar Süßigkeiten in die Hand. Einer seiner Freunde feuerte aus seinem Gewehr drei Schüsse ab, und die Frauen trällerten. Als der Stammesdichter die Schüsse hörte, sang er:

Der Bräutigam nahm die Braut.
Allah möge ihm Nachkommen schenken!

Während die Freunde den Bräutigam umarmten und küssten, ging die Mutter der Braut ins Zelt. Ihr Gesicht strahlte, als sie das weiße Laken mit Jungfernblut nahm und es an die mittlere Zeltstange hängte.

»Deine Hochzeitsnacht ist mit Glück gesegnet! Die Milch aus meiner Brust war nicht umsonst!« Sie brachte der Braut Wasser zum Waschen und setzte sich neben sie.

Nach geraumer Zeit kehrte der Bräutigam ins Brautzelt zurück. Seine Schwiegermutter gratulierte ihm: »Eine Schar von Söhnen sollst du von Aischa bekommen!« Und sie verließ das Brautzelt. Und so, meine Löwen, hat der Großvater seine erste Hochzeitsnacht verbracht.

Am nächsten Morgen ging der Bräutigam ins Männerzelt. Er verteilte Süßigkeiten an die Männer, und sie gratulierten ihm. Ein alter Mann schaute ihm in die Augen: »Der Bräutigam hat eine glückliche Nacht hinter sich!«

Nach und nach kamen Gäste aus den Nachbarstämmen. Der Bräutigam und seine Sippe nahmen die vielen Geschenke in Empfang. »Eure Hochzeit sei gesegnet!«, riefen die Gäste. Und der Bräutigam erwiderte: »Inschallah! Wenn Allah will, bringen wir euch die Geschenke in festlichen Zeiten zurück!«

Auch die Braut wurde von den Frauen mit Geschenken überhäuft. Kommen und Gehen herrschte im Brautzelt. Als die Frauen das hängende Tuch erblickten, sangen und tanzten sie im Zelt. Lämmer und Zicklein wurden geschlachtet. Es herrschte ein lautes Treiben in unserem Zeltlager.

Als der Hochzeitstag sich dem Ende näherte, richteten sich alle Augen auf die Puppe, die auf dem Frauenzelt befestigt war. Unbemerkt hatte sich ein Stutenreiter aus dem Nachbarstamm dem Frauenzelt genähert; blitzschnell ergriff er die Puppe und jagte wie ein Pfeil davon. Die Reiter aus unserem Stamm folgten ihm, doch dann kehrten sie unverrichteter Dinge zurück. In der Ferne war nur noch eine Staubwolke zu sehen.

Die Männer des Stammes überschütteten die Reiter mit Vorwürfen. »Ich habe euch vor diesem Reiter gewarnt! Er hat die Puppe die ganze Zeit über nicht aus den Augen gelassen!«, rief der Scheich zornig.

»Jetzt weiß man, wie schnell unsere Pferde sind«, sprach ein anderer nachdenklich.

Der Stammesälteste erhob sich: »Es ist nicht schlimm. Der Reiter stammt aus einem uns befreundeten Stamm. Geduld ist weise! Beim nächsten Hochzeitsfest in seinem Stamm werden unsere Reiter die Puppe zurückholen.«

So ging das Hochzeitsfest zu Ende. Nach drei Tagen ritten der Bräutigam und die Braut auf dem Kamel zu den Brauteltern. Dort verbrachten sie den Tag, und vor Sonnenuntergang kehrten sie zu dem Brautzelt zurück.

Nach sieben Tagen wurde das Brautzelt abgeschlagen. Die Frauen rollten die Zeltbahnen zusammen. Das frisch vermählte Paar zog in das große Zelt des Bräutigamvaters, wo sie eine eigene Ecke bewohnen sollten.

Aischa war eine großzügige Frau und half ihrer Schwiegermutter bei der Zeltarbeit. Ihr Fladenbrot hatte keine Löcher. Mit ihren beiden Händen schüttelte sie die mit Milch gefüllten Felle, um Butter und Sauermilch herzustellen. Beim Spinnen der Fäden nahm sie die größten Rollen, und die Zeltbahnen, die sie webte, ließen kein Wasser durch. Die Schwiegermutter hatte Freude an der Frau ihres Sohnes. Und euer Großvater half seinem alten Vater bei der schweren Arbeit.

So vergingen die Monate. Die Hitze wurde immer größer, und die Kräuter und Gräser vertrockneten. Langsam wurden die Ähren reif. Und Aischa bekam immer wieder ihre Tage. Mit der Zeit machte sie sich darüber Gedanken.

Eines Tages, als sie sich wieder in ihrer Hoffnung getäuscht sah, fing sie an zu fluchen. Die Schwiegermutter fragte besorgt: »Was ist los mit dir, Aischa?«

Mit hängendem Kopf antwortete sie: »Ich habe wieder diese verfluchten Tage bekommen. Ich dachte schon, dieses Mal würde es klappen.«

Die Schwiegermutter beschwichtigte sie: »Das ist nicht schlimm, meine Tochter! Du bist noch jung, und es kommt vor, dass Mädchen nicht gleich nach der Hochzeit schwanger werden.«

Weitere Monate verstrichen, und die Männer spannten den Scharpflug an die Kamele und begannen, die Felder zu bestellen. Die Frauen waren damit beschäftigt, die Winterzelte vorzubereiten, und die Männer packten die warmen Felle aus. Am Himmel zogen Wolken auf, die Nächte wurden kühler. Doch Aischa wurde nicht schwanger. Als sie wieder ihre Tage bekam, beschloss sie, ihre Mutter aufzusuchen. Aischa bepackte ihren Esel und ritt zur Mutter. Sie erzählte ihr von ihren Sorgen. Die Mutter wurde nachdenklich. »Beruhige dich, mein Kind! Ich werde mit dir kommen und die Angelegenheit mit deiner Schwiegermutter besprechen. Vielleicht weiß sie einen Rat.«

Am nächsten Tag begaben sich Aischa und ihre Mutter zur Schwiegermutter. Sie berieten sich über das Problem.

»Ich fürchte, eine Frau, die ihre Tage hatte, hat das Brautzelt betreten«, mutmaßte die Schwiegermutter.

»Oder eine Wöchnerin kam zu der Braut ins Zelt«, erwiderte Aischas Mutter und fuhr fort: »Wir müssen etwas unternehmen! Am nächsten Vollmond wird das Opferfest gefeiert. Ich werde Blut von sieben Schafen sammeln.« Die Schwiegermutter nickte. Aischa erwartete sehnlich den Morgen des Opferfestes.

Am Tag des Opferfestes, als die Männer die Opfertiere schlachteten, kam die Mutter mit einer großen Schale und fing das Blut auf. Dann überreichte sie ihrer Tochter die Schale. Aischa goss das Blut in eine Waschschüssel, stellte sich hinein und duschte sich über dem Opferblut. In dieser Nacht begab sie sich zu ihrem Mann.

Die Tage vergingen, und Aischa wartete.

Eines Tages beim Brotbacken rief Aischa ihre Schwiegermutter: »Kannst du an meiner Stelle das Brot backen? Ich muss schnell in die Schlucht gehen.« Aischa rannte in die Schlucht. Sie hatte wieder ihre Tage bekommen. Es wurde ihr schwarz vor Augen. Sie schluchzte, und mit traurigem Gesicht schleppte sie sich ins Zelt zurück.

Die Schwiegermutter wiegte bedenklich ihr Haupt: »Was ist los, Aischa? Hilft das Opferblut auch nicht? Seit dem Frühling bist du verheiratet, und jetzt wollen die Winterstürme die Zelte zu Boden werfen.«

Als die Nachricht Aischas Mutter erreichte, ritt sie eilends auf ihrem Esel zur Tochter. Die Nachricht hatte sie beunruhigt, und sie wollte vor Ort nach der Sache sehen.

Dieses Mal besprachen die beiden alten Frauen das Problem ernsthafter. »Das Opferblut hat nichts genützt. Dieses Mal müssen wir die Goldmünze probieren«, schlug die Mutter vor, und die Schwiegermutter fügte hinzu: »Ich habe auch schon daran gedacht.«

Am nächsten Tag machte sich die Schwiegermutter auf den Weg zu einer Frau im Nachbarstamm, die im Besitz einer magischen Goldmünze war. Sie sprach zu der Frau: »Ich brauche für meine Schwiegertochter deine magische Goldmünze. Im Frühling haben wir das Hochzeitsfest gefeiert, und sie ist noch immer nicht schwanger!«

»Ich leihe meine Goldmünze nur für drei Tage«, erwiderte die Frau, »und ich brauche ein wertvolles Pfand.«

»Hier sind meine Goldkette und meine Armreife. In drei Tagen werde ich dir die Münze zurückbringen.«

»Sei unbesorgt! Meine Münze brachte viele Söhne!«, beschwichtigte die Frau die Schwiegermutter.

Die Frau grub mit einem Zeltpflock neben der Feuerstelle und holte einen Beutel hervor. Als sie ihn öffnete, strahlte die Goldmünze. »Hier, nimm die Münze! Versteck sie gut!«

Die Schwiegermutter nahm die kleine Münze und versteckte sie in ihrem Kleidergürtel. Sie verabschiedete sich und ritt eilends auf ihrem Esel zurück ins Zeltlager. Kaum hatte sie das Zelt betreten, sprach sie hastig zu Aischa: »Hier ist die heilende Münze! Hoffentlich wird das Gold helfen!«

Aischa nahm die Münze und betrachtete sie einen Moment lang. Dann steckte sie sie zu sich. Sie sammelte getrockneten Kamelmist und fachte ein Feuer an. Aus einem Schaffell goss sie Wasser in einen Topf und stellte diesen auf das Feuer. Als das Wasser warm war, zog Aischa ihr Kleid aus. Sie legte die magische Münze zwischen ihre Füße in die Waschschüssel. Sie stellte sich kerzengerade in die Schüssel und goss Wasser aus einer Kanne über ihren Kopf. Dann rief sie: »O Stammesahn! Ich flehe dich an! Ich bin deine Schutzbefohlene! Segne mein Leben mit Kindern!«

In dieser Nacht begab Aischa sich zu ihrem Mann.

Dieses Ritual wiederholte sie auch an den beiden folgenden Tagen. Danach brachte die Schwiegermutter, wie versprochen, die Münze zurück. Sie bedankte sich bei der alten Frau und nahm ihr Pfand wieder in Empfang.

Am Abend sagte sie zu Aischa: »Jetzt habe ich alles für dich getan. Hoffentlich wirst du nun endlich schwanger!« Sie hängte ihre Perlenkette an die mittlere Zeltstange und zählte Tag für Tag eine Perle. Die Wochen vergingen.

Eines Tages rief die Schwiegermutter Aischa zu sich und sprach zu ihr: »Deine Tage sind überfällig. Hier, zähle die Perlen!« Aischa zählte die Perlen. Es waren zweiunddreißig. Ihr Gesicht strahlte, und sie umarmte die Schwiegermutter. »Ich bin schwanger! Schwanger! Bald wirst du mit meinen Kindern spielen können!«

»Still, mein Kind«, erwiderte die Schwiegermutter. »Lass uns Stillschweigen bewahren.« Je mehr Zeit verstrich, desto froher wurde Aischa.

Nach dem dritten Tag spürte Aischa ein leichtes Ziehen. Als sie ihr Kleid hob und das Blut erblickte, begann sie fassungslos zu schluchzen: »Es wird keinen Sohn geben. Ich habe ...« Die Schwiegermutter warf ihr Kopftuch zu Boden. Um sich zu beruhigen, griff sie ihre Pfeife und stopfte sie. Die Rauchwolken stiegen bis zum Zeltdach, ihre Augen funkelten.

Unterdessen tauchte Aischas Mutter auf, die sich um ihre Tochter sorgte. Sie sah Aischa schluchzend in der Ecke des Zeltes sitzen. »Hat Aischa ihre Tage bekommen?«

»Du hattest bestimmt noch nicht deinen Esel bestiegen, da floss das Blut«, erwiderte die Schwiegermutter und fuhr fort: »Blutopfer haben wir gesammelt, die magische Goldmünze haben wir gebracht – alles umsonst! Bald ist ein Jahr um, und ich sehe noch keinen Enkel. Der Sohn von Ibrahim hat zwei Vollmonde nach meinem Sohn geheiratet, und gestern gebar seine Frau einen Sohn! Die Leute lassen mir auch keine Ruhe. Dauernd fragen sie: Ist deine Schwiegertochter noch nicht schwanger? Was soll ich antworten?« Mit vorwurfsvollem Blick schaute sie auf Aischas Mutter.

»Ich weiß, dass die Leute immer fragen, ob meine Tochter schwanger sei«, entgegnete diese. »Ich sage dir, ich setze auf Feuer!«

»Setze auf Feuer oder auf Wasser! Das hilft auch nicht weiter. Mein Sohn will ein Kind haben!«, empörte sich die Schwiegermutter.

»Das will meine Tochter auch. Wir müssen geduldig sein. Allah möge die Frau bestrafen, die während der Tage ihrer Unreinheit das Brautzelt betrat!«

»Warten? Wie lange noch? Bald ist ein Jahr verstrichen seit der Hochzeitsnacht!«, rief die Schwiegermutter mit zorniger Stimme.

Aischas Mutter fühlte sich angegriffen. »Man weiß nicht, wer die Sache hindert«, entgegnete sie barsch, »eine Wöchnerin, eine Frau, die ihre Tage hat, oder die Sache liegt an dem Mann!«

Der Schwiegermutter schoss das Blut in die Adern: »Ich verbiete dir, über meinen Sohn so etwas zu sagen! Er ist gesund und kräftig wie ein Kamel im vierten Jahr.«

Als Aischa die beiden Alten streiten hörte, begann sie zu schreien: »Ich will keine Kinder! Ihr braucht euch nicht zu zanken!« Und sie stürzte aus dem Zelt: »Sallam, schnell, beeile dich! Unsere Mütter kriegen sich in die Haare!«

Der Großvater war gerade dabei, dem alten Kamel

den vollen Gerstenkorb zu geben. Er ließ alles stehen und liegen und folgte Aischa in das Zelt. »Ruhe! Ihr denkt nur an die Nachkommen!«, sagte er.

»Willst du keine Kinder haben?«, erwiderte seine Mutter.

»Aischa und ich sind noch so jung. Sei unbesorgt, Mutter!« Aischas Mutter hüllte sich in ihren schwarzen Umhang und ritt von dannen.

Als euer Großvater sich in dieser Nacht neben Aischa auf das Lager legte, spürte er die schnellen Schläge ihres Herzens.

»Meine teure Aischa! Die Alten denken immer nur an Enkel, aber nicht an uns. Irgendwann wirst du Kinder bekommen, und auch wenn wir keine Kinder haben werden, ist das nicht so schlimm. Unser Stamm ist groß!«

»Deine Mutter macht mir das Leben schwer. Sie zählt die Tage an ihrer Perlenkette. Sie richtet ihre Blicke auf meinen Bauch. Was kann ich dafür?«, erwiderte Aischa und schluchzte.

»Beruhige dich, Aischa! Wir kennen uns seit der Kindheit, und viele Jahre haben wir unsere Kamele zusammen geweidet.«

»Versprichst du mir, dass du keine andere Frau heiraten wirst?«

»Wer hat dir den Floh ins Ohr gesetzt?«, erwiderte der Großvater und begann, Aischas Haar zu streicheln.

So vergingen die Monate, und die Frühjahrszeit

kehrte zurück. Die Männer saßen im Scheichzelt und sprachen über die Herden und die Weide. Einer sagte: »Das letzte Jahr war reich an Weide. Genau vor einem Jahr um diese Zeit haben wir das Hochzeitsfest von Sallam gefeiert!«

Diese Worte trafen den kranken Urgroßvater ins Herz. Sein Sohn war nun schon seit einem Jahr verheiratet, und noch immer waren keine Nachkommen in Sicht. Er wandte sich an seinen Sohn: »Mein Kind! Ich bin alt, und die Krankheit macht mir zu schaffen. Willst du keine Kinder haben? Wer soll dir den Wasserkrug reichen, wenn du ein Greis bist? Nimm ein Schaf, und schlachte es auf dem Grab des Stammesahnen! Vielleicht wird er sich um seine Nachkommen kümmern. Ich möchte in das Antlitz deines Sohnes blicken, bevor die Männer den goldenen Sand über meinen Leichnam kehren.«

»Vater, sei unbesorgt! Meine Kinder werden deinen Namen weitertragen!«, erwiderte der Großvater. Aber er kam nicht zur Ruhe.

»Habt ihr ein Kind bekommen? Ist die Frau schwanger?«, erkundigten sich Nachbarn und Freunde. Und immer wieder wurden Stimmen laut, die ihm rieten, eine andere Frau zu heiraten.

Dann geschah es, dass der Urgroßvater starb. Trauer herrschte im Stamm. Frauen begannen, laut zu klagen. Die Schwiegermutter fasste mit beiden Händen den

Ausschnitt ihres Kleides und zerriss es. Männer suchten nach ihren Hacken und Schaufeln. Es war laut im Zeltlager. Männer und Frauen kamen aus den Nachbarstämmen zur Beerdigung.

»Männer, der Leichnam muss noch vor Sonnenuntergang beerdigt werden. Die Hitze ist groß!« Während die einen mit dem Ausheben der Grube beschäftigt waren, wuschen andere nach den Riten den Leichnam und hüllten ihn in ein weißes Tuch.

Als das Grab vorbereitet war, trugen die Männer den Toten aus seinem Zelt zur Grabstätte. Der Leichnam wurde in die Grube gebettet. Darüber baute man ein Dach aus Steinen und Lehm. Dann wurde Sand in die Grube geschaufelt. Der aufgewirbelte Staub hing wie eine Wolke über dem Grab. An das Kopfende des Grabes wurde ein großer Steinbrocken gesetzt. Der Kopf des Toten wies in Richtung Mekka. Das Fußende wurde mit Steinen beschwert.

»Wenn wir jetzt das Grab verlassen, versucht der Tote, aufzustehen und uns zu folgen. Aber der große Steinbrocken hält ihn zurück und sagt zu ihm: ›Bleib ruhig liegen! Viele wie du sind hier zur Ruhe gebettet‹«, erwiderte ein Mann seinem Sohn, der ihn nach dem großen Steinbrocken fragte.

Nach der Beerdigung gingen die Männer in das Gästezelt. Sie sprachen über den Toten und rühmten seine Großzügigkeit.

»Er hatte ein großes Herz, und seine Hand war offen! Er und ich wurden in demselben Winter geboren. Als Kamelhirten schöpften wir Wasser aus dem tiefen Brunnen für die durstigen Kamele. Allah möge ihm einen Platz im Paradies sichern!«, bemerkte ein alter Mann.

Ein anderer sprach zum Großvater: »Kopf hoch! Wir werden alle eines Tages sterben; wer nicht früh stirbt, stirbt spät! Dein Vater fand Leute, die ihn beerdigt haben. Manch einer ist schon in der Hitze verdorrt. Du bist ein Mann! Wer Nachkommen hinterlässt, ist nicht tot. Tot ist derjenige, der keine Nachkommen hinterlässt, die seinen Namen weitertragen!«

An diesem Abend schlachtete der Großvater drei Schafe und bereitete ein Mahl zu Ehren des Verstorbenen. Die Männer aßen nur wenig von den großen Platten. Die Sippe des Verstorbenen wurde von den benachbarten Zeltlagern eingeladen. Schafe wurden für sie geschlachtet.

Die Frauen weinten, bis sie keine Tränen mehr hatten. Am nächsten Tag legten alle Frauen unseres Stammes die bunt bestickten Kleider ab und vertauschten sie mit blau und grün bestickten Kleidern. Gold- und Silberketten wurden ein ganzes Jahr lang nicht mehr getragen. Ihre goldenen Nasenringe behielten die Frauen weiter an, doch umwickelten sie sie mit blauen und grünen Fäden, damit man das Gold nicht mehr sehen konnte.

Ein Jahr lang trauerte unser Stamm um den Toten.

Aischas Schwiegermutter war sehr bedrückt vom Tod ihres Mannes. Aischa half ihr viel bei der Zeltarbeit und versuchte, ihren Kummer zu lindern. Der Großvater grub neben der Feuerstelle und fand einen Beutel voll Goldmünzen. Eine große Kamelherde und viel Land hatte sein Vater ihm hinterlassen.

Während des Trauerjahres wurde es ruhig um Aischa und ihren Mann. Nur noch selten fragte man nach Schwangerschaft oder Kind. Aber Aischa wusste, dass das nur die Ruhe vor dem großen Sandsturm war. Und je näher sich die Trauerzeit ihrem Ende zuneigte, desto unruhiger wurde sie.

Eines Nachts, als der Großvater neben Aischa auf dem Lager lag, hörte er sie schluchzen.

»O meine Cousine! Was bedrückt dich? Ich bin dein Beschützer.«

»Das Trauerjahr geht bald zu Ende. Du solltest noch ein anderes Mädchen heiraten. Du bist jetzt ein reicher Mann. Deine Kinder sind auch Schutz für mich und unsere Sippe.«

»Ich habe auch schon daran gedacht. Doch du brauchst dir keine Sorgen zu machen. Auch wenn ich eine zweite Frau heiraten werde, hast du einen festen Platz in meinem Herzen!« So sprach der Großvater und umarmte seine Cousine.

Sie sprachen und sprachen bis spät in die Nacht, bis der Schlaf sie überwältigte.

Das war die Geschichte der ersten Frau des Großvaters, und die zweite erzähle ich euch morgen Abend. Die Mutter lächelte: Ich glaube, der Schlaf hat nicht nur den Großvater und seine Frau überwältigt …

Fatima

Am nächsten Tag schleppte jeder von uns meiner Mutter ein Gewand voll Kameläpfel ins Zelt. Als sie die vollen Gewänder sah, strahlte ihr Gesicht: »Wenn ich euch heute Abend die Geschichte von der zweiten Frau erzähle, bekomme ich dann morgen auch solch eine Ladung?«

»Aber sicher!«, riefen wir.

An diesem Tag halfen wir meiner Mutter eifriger als sonst, damit sie früher mit dem Brotbacken und der Milchzubereitung fertig würde.

Am Abend kochte die Mutter Tee und Kaffee und warf von den getrockneten Kameläpfeln ins Feuer. Dieses Mal drehte ich ihr ohne Aufforderung eine dicke Zigarette. Während wir unseren Tee schlürften, nahm sie einen Schluck Kaffee und hub an zu erzählen:

Heute Abend werde ich euch die Geschichte der zweiten Frau des Großvaters erzählen. Sie hieß Fatima.

Als die Trauerzeit zu Ende ging, trugen die Frauen wieder ihre bunt bestickten Kleider. Die Gold- und Silberketten wurden wieder aus dem Versteck geholt, und von den Nasenringen wurden die Fäden entfernt.

Im Männerzelt sprach man über die Toten. Zu Ehren der Toten bereitete man ein Mahl zu. Die Kameläpfel glühten im Feuer, und der Duft des gewürzten Kaffees erfüllte das Zelt. »Die Zeit vergeht schnell! Schon ist ein Jahr seit dem Tod von Mohammed vergangen. Er unterhält sich jetzt mit dem Stammesahnen und den Toten unseres Stammes«, sprach ein alter Mann.

»Ach, das Trauerjahr kam mir länger vor als sonst. Drei Dinge machen das Leben kurz: Trauerzeiten, alte Frauen zu heiraten und in der Hitzezeit zu gehen. Ich mag die Trauerzeit nicht. Man feiert keine Feste, und die Frauen tragen keine schönen Kleider und Ketten. Mein Kamel sehnt sich nach einem Rennen!«, sagte ein junger Mann.

Am nächsten Tag sprach der Großvater zu seiner Mutter: »Die Trauerzeit ist vorüber. Mein Vater ist gestorben, ohne seinen Enkel zu sehen. Meine Cousine gebar mir keine Kinder. Ich will eine zweite Frau heiraten!«

Mit strahlender Miene erwiderte die Mutter: »Das meine ich schon lange, mein Sohn. Es ist höchste Zeit, dass du begreifst. Viele Männer heiraten zwei, drei, vier … ein Scheich hat sogar vierzig Frauen geheiratet. Der Prophet Mohammed hat acht Frauen in seinem Leben geheiratet. Männer in deinem Alter freuen sich über Frauen.« Die Mutter kratzte sich die Stirn und fuhr fort: »Ich hab schon länger meine Ohren gespitzt. Ich habe gehört, dass es im Nachbarstamm viele Mädchen gibt. Ich werde mich auf die Suche machen.«

Am nächsten Tag befestigte die Mutter ihre Satteltaschen auf dem Esel und gab an, beim Nachbarstamm befruchtete Eier für ihr Huhn suchen zu wollen. Als sie das Zeltlager erreicht hatte, stieg sie ab und ging von einem Zelt zum anderen auf der Suche nach Eiern.

Die Frauen entschuldigten sich, dass die Eier knapp seien. Jede brauchte die Eier für das eigene Huhn. Manche gaben ihr ein paar Eier, damit sie nicht mit leeren Händen zu ihrem Stamm zurückkehre.

Als die Mutter eines der Zelte betrat, traf sie Zainab, eine alte Bekannte. Sie umarmten und küssten einander. »Willkommen in meinem Zelt! Seit der Beerdigung deines Mannes habe ich dich nicht gesehen.« Sie rollte einen bunten Teppich für die Besucherin aus. Kaffee wurde vorbereitet.

Die beiden Frauen sprachen und sprachen. Dann fragte die Gastgeberin: »Hat dein Sohn Kinder bekommen?«

»Siehst du nicht meine vielen grauen Haare? Wir haben alles versucht, aber wir bekommen seine Frau nicht schwanger!«

Zainab schaute sie an und lächelte verschmitzt: »Was treibt dich in die große Hitze? Das Huhn oder der Sohn?«

Die Mutter entgegnete: »Beide!«

»Bei mir findest du die Eier und bei der Nachbarin die Braut.«

Die beiden Frauen schlürften ihren Kaffee und unterhielten sich über Männer und Hühner, bis die Sonne über dem Zeltrücken stand. Die Mutter verabschiedete sich, und Zainab flüsterte ihr zu: »Wenn ich genug Eier für dein Huhn gesammelt habe, schicke ich dir eine Nachricht.« So kehrte die Mutter ins Zeltlager zurück und erzählte dem Großvater von der Eiersuche.

Noch an diesem Abend ging im anderen Zeltlager Zainab zu Sabha, ihrer Nachbarin. Sie fand sie mit ihrer Tochter im Mondschein Fäden für die Zeltbahnen spinnen. Sie spannen und sprachen über das Ziegenhaar und über die Arbeit an den Zeltbahnen.

Als jede der Frauen eine Rolle gesponnen hatte, sprach Sabha: »Jetzt haben wir genug gesponnen. Mein Bein ist eingeschlafen, und der Mond steht schon über dem Zeltdach. Ich werde uns eine Kanne Kaffee machen. Und du, meine Tochter, geh schlafen, und ruhe dich aus!«

Sabha kochte Kaffee mit reichlich Gewürzen. Während sie die Kaffeeschälchen wusch, überlegte sich Zainab, wie sie das Gespräch beginnen könne. Sie tranken die ersten Schälchen, und Zainab sprach: »Dein Kaffee schmeckt wunderbar, Sabha! Dir gelingt das Kaffeekochen besser als mir.«

»Dafür bist du beim Fädenspinnen geschickter als ich«, erwiderte Sabha.

Sie unterhielten sich über dieses und jenes, dann sagte Zainab: »Dein Kaffee macht den Kopf klar. Man kann sich danach gut unterhalten!« Und sie fuhr fort: »Sag mal, machst du dir keine Gedanken über deine Tochter? Mädchen in ihrem Alter haben schon ein oder zwei Kinder!«

Sabha trank den letzten Schluck Kaffee aus ihrem Schälchen. »Doch, ich mache mir Gedanken um sie. Aber die Männer, die um ihre Hand baten, kamen nicht infrage.«

Zainab erwiderte: »Wir kennen uns schon sehr lange. Weißt du noch, als wir beide die Ziegen zur Weide führten? Du und deine Kinder haben euren Platz in meinem Herzen.« Sie räusperte sich. »Ich habe einen guten Mann für deine Tochter in Aussicht.«

Die Mutter dachte eine Weile nach.

»Wer ist dieser Mann?«

»Er ist aus einer edlen Sippe im Nachbarstamm. Er hat seine Cousine geheiratet, aber sie gebar keine Kinder.«

»Ich bin mir nicht sicher, ob es für meine Tochter gut wäre, einen Mann zu heiraten, der schon eine Frau hat. Für Fatima hätte ich lieber einen Mann, der noch nicht verheiratet ist!«

»Du brauchst keine Sorgen zu haben. Sie hat keine Kinder geboren, und er ist noch ganz jung. Sein Vater starb vor einem Jahr und hinterließ eine große Kamelherde, Land und einen Beutel voll Gold. Deine Tochter wäre nicht die Erste, die einen Mann mit einer anderen Frau teilt. Meine Mutter teilte meinen Vater mit noch fünf Frauen!«, erwiderte Zainab.

»Trotzdem habe ich kein gutes Gefühl, meine Tochter als zweite Frau zu verheiraten«, sagte die Mutter.

»Seine Frau wird deine Tochter doch nicht aufessen. Jede Frau wird ihr eigenes Zelt haben. Aber Fatima ist deine Tochter! Ich wollte dir nur als Nachbarin helfen.«

Sabha überlegte, und nach geraumer Zeit sagte sie: »Ich muss mir die Sache erst einmal durch den Kopf gehen lassen. Morgen werde ich dir Bescheid sagen.«

Und die Nachbarin erwiderte mit ruhiger Stimme: »Nimm dir Zeit! Ich werde morgen wiederkommen, um dir beim Fadenspinnen zu helfen. Lass uns jetzt zu Bett gehen. Bestimmt wartet mein Mann schon auf mich.« Und so zog sich die Nachbarin zurück.

Am nächsten Morgen sprach Sabha beim Morgenkaffee zu ihrem Mann: »Höre, ich möchte mit dir über unsere Töchter reden. Ich mache mir Sorgen um Fatima. Sie ist alt genug, und ich möchte, dass sie heiratet.«

Der Vater unterbrach sie: »Es ist deine Schuld! Viele Männer wollten unsere Tochter heiraten, aber du hast über alle nur gemeckert. Ich weiß nicht; wenn du dich weiter so verhältst, bleibt Fatima für immer bei uns, und wir werden sie nie los.«

Die Mutter bemerkte: »Ich will einen berühmten und reichen Mann für Fatima haben. Die Männer, die zu uns kamen, waren …« Der Vater unterbrach sie zornig: »Wir sollen warten, bis ein reicher und berühmter Mann auf seinem Kamel angeritten kommt? Die reichen Männer verbringen ihre Zeit damit, Münzen zu zählen! Sie taugen nicht!« Er holte Luft und fuhr fort: »Fatima ist meine Tochter, und ich will sie hier im Zelt nicht wie eine Nonne halten. Der Nächste, der zu uns kommt, wird meine Tochter heiraten. Alle Männer sind gleich!«

Sabha versuchte, ihren Mann zu besänftigen, der seinen Schnurrbart zwirbelte. »Zainab kam gestern zu mir, um beim Spinnen zu helfen. Sie erzählte mir von Sallam, Aischas Mann vom Nachbarstamm. Seine Mutter ist auf der Suche nach einem Mädchen für ihren Sohn. Aber er ist verheiratet. Was meinst du dazu?«

»Na und? Männer heiraten mehr als eine Frau. Diese Familie hat einen guten Ruf, und wir sollten das Angebot nicht verschmähen! Zainab ist eine schlaue Frau!«

Sabha sprach mit leiser Stimme: »Wenn du einverstanden bist, werde ich Zainab Bescheid sagen.«

»Ich bin einverstanden. Die Nachbarin soll ihre Fäden weiterspinnen«, erwiderte der Mann und ging zum Männerzelt.

Sabha nahm die Spindel zur Hand und fing an zu arbeiten. Während sie so in Gedanken die Spindel drehte und die Wolle zupfte, kam Zainab zu ihr.

»Unsere Herde ist jetzt auf der Weide, und ich habe Zeit, dir bei der Arbeit zu helfen«, sprach die Nachbarin. Sabha freute sich, dass Zainab im richtigen Augenblick gekommen war.

Sie tranken Kaffee und setzten sich an die Arbeit. Doch hatten beide Frauen wenig Lust zu arbeiten. Sabha beklagte sich über die Wolle und legte die Spindel zur Seite, und Zainab schaute sie an und ließ ebenfalls ihre Spindel sinken. Nach einem weiteren Schälchen Kaffee sagte Sabha: »Meine Tochter Fatima ist wie eine deiner Töchter. Ich möchte nicht, dass Fatima bei mir wie eine Nonne lebt.«

Zainab lauschte den Worten, und gelassen sagte sie: »Hab Vertrauen zu mir, und überlasse mir den Rest.« Die beiden Frauen besprachen die Angelegenheit ausgiebig und einigten sich schließlich darauf, dass die Mutter des Großvaters nach drei Tagen kommen solle, um Fatima zu sehen.

Zainab kehrte daraufhin in ihr Zelt zurück und rief ihren Sohn: »Hier ist ein Ei für dich!« Dieser wollte seinen Augen erst nicht trauen, aber die Mutter fuhr fort: »Reite auf dem Esel zum Nachbarstamm! Suche die Frau, die gestern bei mir war, und richte ihr aus: Meine Mutter hat befruchtete Eier für dein Huhn! Sie soll in drei Tagen kommen, um sich die Eier anzuschauen.«

Der Junge freute sich über das Ei. Er sprang auf den Esel und ritt in Windeseile zum Nachbarstamm. Als er das Zelt erreicht hatte, sagte er zur alten Frau: »Meine Mutter schickt mich. Sie hat Eier für dein Huhn gefunden. Du sollst in drei Tagen zu ihr kommen und die Eier ansehen!« Die Frau strich dem Kind über die Haare. Das Kind gab seinem Esel einen Fußtritt und ritt zurück zu seiner Mutter.

Die Mutter beriet sich mit dem Großvater. »Meine alte Freundin ist eine kluge Frau. Ich werde in drei Tagen zu ihr gehen und das Mädchen ansehen.« Und der Großvater nickte. Doch war er besorgt, wie Aischa die Angelegenheit aufnehmen würde. Sie beschlossen, die Sache erst einmal für sich zu behalten.

Währenddessen rief Sabha ihre Tochter zu sich. »In drei Tagen werden wir einen wichtigen Besuch bekommen. Du sollst dich gut benehmen!«, sagte die Mutter und fuhr fort: »Eine Frau aus dem Nachbarstamm wird kommen, um dich anzusehen. Sie hat einen reichen Sohn, der so schön ist wie der Mond in seiner Fülle. Zwar ist er verheiratet, aber das macht nichts. Fege das Zelt, zieh dein bunt besticktes Kleid an, flechte deine Zöpfe, und lege deine Halskette um. Wichtig ist auch, dass du nicht zu langsam gehst, aber auch nicht rennst, nicht viel redest, aber auch nicht schweigsam bist. Achte darauf, dass das Fladenbrot nicht verbrennt und keine Löcher bekommt. Auch die Suppe soll nicht salzig sein. Zainab und ich werden uns mit der Frau unterhalten, aber sie wird dich nicht aus den Augen lassen.«

Fatima schaute ihre Mutter verwundert an und wusste nicht, was sie sagen sollte. Aber die Mutter legte ihr die Hand auf die Schulter. »Hab keine Sorge, meine Tochter! Wir werden den richtigen Mann für dich finden. Und nun lass uns anfangen, das Zelt sauber zu machen!«

So nahm jede einen Besen zur Hand und begann, in einer Ecke des Zeltes zu kehren. Als der Mann aus dem Männerzelt heraustrat, sah er Staubwolken aus seinem Zelt in den Himmel steigen und beschloss, bei der Männerrunde zu bleiben. Aber diese Putzaktion kam ihm merkwürdig vor.

Als er am Abend zurückkehrte, fand er das Zelt blitzsauber. Die Wäsche hing über den Zeltseilen, und der Duft der Olivenseife erfüllte das Zelt. Fragend blickte er seine Frau an.

»Wir erwarten wichtigen Besuch!«

Er nickte. In der Nacht sprach er mit seiner Frau über unseren Stamm. Unter der Decke lauschte Fatima dem Gespräch.

So vergingen die drei Tage. Die Mutter des Großvaters hatte die Sache mit ihm besprochen. Auch Fatimas Familie war auf den Besuch der Naqadeh vorbereitet.

Ich unterbrach meine Mutter: »Was ist eine Naqadeh?« Sie lachte und strich mir über meinen Haarzopf. »Du bist noch klein, mein Augapfel! Wenn du das Hochzeitsalter erreicht haben wirst, werde ich deine Brautbeschauerin sein.« Und sie fuhr fort: »Die Naqadeh ist die Brautbeschauerin. Sie geht zu der Braut und schaut sie an. Das werde ich euch gleich erzählen. Aber die Naqadeh ist auch die Frau, die die Eier beschaut. Sie hat gute Augen. Man bringt ihr die Eier, und sie nimmt ein Ei nach dem anderen in die Hand und betrachtet es im Sonnenlicht. Die befruchteten Eier werden dem Huhn zum Brüten untergelegt, und die nicht befruchteten kommen in die Pfanne. Man schickt nicht jede Frau als Naqadeh. Man beauftragt entweder seine Mutter oder seine Schwester. Auf keinen Fall die Frau des Bruders, denn sie will keine bessere Frau ins Zelt bringen. Euer Onkel beklagte sich über mich, dass ich ihn hereingelegt hätte. Ich war seine Naqadeh.«

Nun, der Großvater war froh, dass die Mutter seine Naqadeh war. Und so sattelte die Naqadeh des Großvaters ihren Esel und ritt zum Nachbarstamm. Sie hatte ihre Augen mit Kajal geschminkt und ein feines Kleid angelegt. Auch nahm sie ein Geschenk für die Familie mit.

Als die Naqadeh das Zeltlager erreicht hatte, wurde sie von Sabha und Zainab empfangen. Sie wurde ins Zelt geführt. Gewürzter Kaffee wurde serviert. Fatima begrüßte die Naqadeh. Die drei Frauen setzten sich um die Feuerstelle und plauderten, während das Mädchen sich um das Fladenbrot und um die Suppe kümmerte.

Die Naqadeh folgte dem Mädchen mit ihren Blicken. Sie beobachtete ihren Gang und achtete auf ihre Geschicklichkeit. Ab und zu richtete sie das Wort an Fatima, und das Mädchen antwortete ruhig und höflich. Fatima brachte das Essen auf einer Platte, und die Frauen und das Mädchen fingen an zu speisen. Zainab wandte sich an Fatima: »Dein Brot schmeckt lecker! Du bist sehr geschickt beim Brotbacken. Dein Brot hat keine Löcher, und die Suppe ist reichlich gewürzt. Du hast viel von deiner Mutter gelernt. So ein Mädchen hätte ich gern als Schwiegertochter. Aber meine Kinder sind noch zu klein zum Heiraten!« Und mit ihrer Hand strich sie dem Mädchen über den Kopf.

Auch die Naqadeh nickte zustimmend. Sie sprach: »So ein leckeres Brot und so eine geschmackvolle Suppe habe ich noch nie gegessen!«

Nachdem die Frauen gespeist hatten, räumte Fatima die Platten weg und bereitete frischen Kaffee. Sie war beim Feueranfachen sehr flink, und das Feuer ging auch nicht aus. Kurze Zeit später brodelte der Kaffee in der Kanne. Die Naqadeh kratzte sich am Hals, als plötzlich die Perlen ihrer Kette auf den Boden rollten. Die Naqadeh tat so, als wollte sie die Perlen aufsammeln. Aber Sabha hielt sie zurück. »Fatima kann die Perlen alleine suchen.«

Und das Mädchen sammelte die verstreuten Perlen vorsichtig auf. Dann holte sie Nadel und Faden, fädelte die Perlen eine nach der anderen auf und verknotete die Fadenenden. Dann überreichte sie der Frau die Kette.

Die Naqadeh bedankte sich bei Fatima. Und die Nachbarin bemerkte: »Fatima hat gesunde Augen. Sie kann in der Mittagssonne die Sterne sehen!« So tranken beide Frauen noch ein Schälchen Kaffee und sprachen über die alte Freundschaft der beiden Stämme.

Nach einer Weile sagte die Naqadeh: »Die Sonne nähert sich dem Zeltrücken. Mein Esel ist alt und kann nur langsam laufen. Ich breche auf!« Die beiden Frauen geleiteten den Gast hinaus. Fatimas Mutter verabschiedete sich von der Naqadeh und kehrte ins Zelt zurück, während Zainab die Besucherin noch ein Stückchen begleitete.

»Sag, wie findest du Fatima?«

»Sie ist hübsch wie eine Gazelle. So eine Frau wünsche ich mir für meinen Sohn!«

Zainab erwiderte: »Wenn du sie für deinen Sohn haben willst, beeile dich, bevor ein anderer Jäger die Gazelle jagt!« Die Naqadeh umarmte Zainab, dankte ihrer Freundin und ritt auf ihrem Esel fort.

Als Fatimas Vater den fremden Esel das Zeltlager verlassen sah, kam er zum Zelt. Seine Frau erzählte ihm von dem Besuch und von der Geschicklichkeit seiner Tochter. Und sie fügte hinzu: »Fatima hat das Herz der Alten gewonnen. Bald wirst du Besuch im Männerzelt bekommen.«

Währenddessen wartete der Großvater auf die Rückkehr seiner Mutter. Ungeduldig blickte er durch ein Zeltloch, bis er sie endlich kommen sah. Sein Herz schlug schneller. Er empfing sie vor dem Zelt, und die Mutter erzählte ihm von der Schönheit Fatimas, von ihren schönen, schwarzen Augen, die so groß waren wie die Augen einer Wildkuh.

Der Großvater ging zu den Gästen ins Männerzelt. Aischa fragte misstrauisch: »Hast du befruchtete Eier für das Huhn gefunden?« Und mit durchdringendem Blick schaute sie die Schwiegermutter an.

Die Alte erwiderte: »Die Eier waren klein und auch nicht befruchtet. Sie taugen nicht zum Ausbrüten.«

Aischa brauste auf: »Dieses Huhn macht dir große Sorgen. Die Eier in unserem Stamm sind wohl nicht gut genug, dass du Eier in fremden Stämmen suchen gehst!«

Die Schwiegermutter entgegnete mit fester Stimme: »Das ist mein Huhn, und die Sache geht dich nichts an!«

Aischa zitterte und schrie die Schwiegermutter an: »Das ist auch mein Huhn, und die Sache geht mich sehr wohl an! Hast du Eier gefunden oder nicht?«

»Ich habe Eier für das Huhn gefunden. Aber ob aus den Eiern Küken schlüpfen, weiß ich nicht.« Und die Alte kratzte sich an der Nase.

Tränen rollten über Aischas Wangen. Krachend warf sie die Schale, die in ihrer Hand war, zu Boden. »Von mir aus soll dein Huhn Tag und Nacht auf den Eiern hocken, bis es Küken bekommt. Hoffentlich hast du die Eier gut angesehen!« Als der Großvater das laute Stimmengewirr hörte, kam er eilig aus dem Männerzelt gelaufen. Er fand seine Frau schluchzend. »Beruhige dich, Aischa!«, sagte er und holte Luft: »Die Sache ist noch nicht fest. Wir wissen nicht, ob der Stamm uns das Ei geben wird. Du hast mir doch dein Einverständnis gegeben.«

»Hast du vergessen, wie wir zusammen auf der Weide gespielt haben?«, rief Aischa.

»Ich habe gesagt, du hast deinen festen Platz in meinem Herzen!«, beschwichtigte sie der Großvater.

An diesem Abend buk Aischa kein Brot. Sie zog sich in eine Zeltecke zurück und weinte. Die Schwiegermutter kümmerte sich um das Essen für die Gäste. Und der Großvater pendelte zwischen seinem Zelt und dem Männerzelt hin und her. Mit freundlicher Miene hieß er die Gäste willkommen. Dann ging er ins Zelt zurück und versuchte, Aischa zu beschwichtigen. Endlich war das Essen für die Gäste fertig. Nachdem sie gespeist hatten, entschuldigte sich der Großvater: »Ich muss mich um mein krankes Kamel kümmern!«

Eilig begab er sich zu seinem Zelt zurück. Er fand Aischa auf dem Lager liegen und Selbstgespräche führen.

»Du bist meine Cousine! Meine Kinder werden eine Stärkung für unsere Sippe sein. Deine Liebe wohnt in meinem Herzen. Ich bin nicht der erste Mann, der eine zweite Frau heiratet. Du bekommst dein Recht, und auch die andere Frau wird ihr Recht bekommen. Ich verspreche dir, dass ich euch gerecht behandeln werde!« Und der Großvater umarmte seine Frau. Aber Aischa begann erneut zu schluchzen.

Am nächsten Tag ging Aischa zum Zelt ihrer Eltern und erzählte ihrer Mutter die Neuigkeit.

»Die Eiersuche im Nachbarstamm kam mir gleich merkwürdig vor. Die Alte lässt deinem Mann keine Ruhe. Sie setzt ihn aufs Feuer. Im Frauenzelt sprach sie immer von Kindern«, sagte Aischas Mutter. Dann versuchte sie, ihre Tochter zu besänftigen. »Er ist dein Vetter, und er hat lange auf ein Kind von dir gewartet. Du solltest ihm zur Seite stehen. Du brauchst dich vor der zweiten Frau nicht zu fürchten, ich werde dir beistehen.«

Auch Aischas Vater sprach zu seiner Tochter: »Wenn er dir unrecht tut, werde ich da sein! Ich werde dafür sorgen, dass mein Neffe die Waage der Gerechtigkeit in der Mitte hält. Und jetzt versuche, Mut zu zeigen. Hier sind frische Datteln. Iss, mein Kind! Bevor die Sonne untergeht, kehre in dein Zelt zurück, bevor die Frauen sich über dich lustig machen. Sie werden sagen: Die Verlobung ist noch nicht vereinbart, und Aischa ergreift die Flucht vor der zweiten Frau wie ein Hase vor dem Jagdhund.«

Währenddessen wurde der Großvater von seiner Mutter zur Eile gedrängt: »Wir müssen etwas unternehmen, bevor Fatima in die Hände eines anderen Jägers fällt.«

Er zog seinen Umhang an und machte sich auf den Weg zu Aischas Vater. Unterwegs traf er seine Frau. »Ist dein Vater im Zelt?«, fragte er, doch Aischa würdigte ihn keines Blickes. Sie gab ihm keine Antwort und machte einen großen Bogen um ihn.

Im Zelt seines Onkels wurde der Großvater mit gemischten Gefühlen empfangen. Nachdem er den Kaffee getrunken hatte, sprach er mit seinem Onkel unter vier Augen.

»O mein teurer Onkel! Mein Vater ist gestorben, und du bist der älteste Onkel, du bist wie mein Vater. Seit langer Zeit bin ich mit meiner Cousine verheiratet. Sie hat mir keine Nachkommen geboren, und Kinder sind wichtig für unsere Sippe und eine Sicherheit im Alter. Ich habe ein Mädchen aus guter Familie im Nachbarstamm gefunden. Sie kommt aus einer Sippe, die unserer Abstammung ebenbürtig ist: Meine Mutter war die Naqadeh! Meiner Cousine wird kein Unrecht widerfahren. Sie wird in ihrem Zelt bleiben, und ich werde ein zweites Zelt für die andere Frau aufschlagen. Meine Stute wird nur an den Zeltpflöcken von Aischas Zelt angebunden werden.«

Der Onkel nahm einen tiefen Zug aus seiner Pfeife,

trank einen Schluck Kaffee und erwiderte: »Du bist mein Neffe, und Aischa ist meine Tochter. Ihr seid alle meine Kinder. Ich weiß, dass Allah euch keine Nachkommen geschenkt hat.« Und er fuhr fort: »Es ist nicht einfach, mit zwei Frauen zu leben. Es gibt immer genug Gründe für Streitigkeiten. Wenn nicht eine von den Frauen den Streit schafft, dann schafft ihn der Mann oder vielleicht jemand anders. Es ist sehr schwer, die Waage der Gerechtigkeit in der Hand zu halten. Oft wiegt eine der Schalen schwerer. Der Prophet hatte seine Frau Aischa als Lieblingsfrau. Wenn du meiner Tochter unrecht tust, bin ich dein Gegner!«

Der Großvater stand auf und schlang die Arme um den Hals seines Onkels. »Sei unbesorgt, mein Onkel! Wenn ich deiner Tochter unrecht tue, bin ich bereit, mit dir zum Kadi zu gehen.« Dann besprachen sie das weitere Vorgehen bei der Verlobung. Sie unterhielten sich über die Brautgabe, über den Nachbarstamm und über Aischas Rechte.

Am nächsten Tag beim Morgenkaffee sprach der Onkel mit dem Scheich und den Stammesältesten über die Angelegenheit. Nachdem sie sich beraten hatten, beschlossen sie, zum Nachbarstamm zu reiten, wenn die Sonne über dem Zeltrücken stehen würde. Zur vereinbarten Zeit legten sie die frisch gewaschenen Gewänder und ihre feinen Umhänge an. Die Nachricht von dem Besuch hatte sich wie ein Lauffeuer im Nachbarstamm verbreitet. So ritten die Männer unseres Stammes zu Fatimas Zeltlager.

Als sich die Reiter dem Gastzelt näherten, wurden sie vom Scheich des Stammes und den Männern mit aller Ehre empfangen. Man hatte seit dem späten Nachmittag auf die Besucher gewartet.

Die Kamele der Gäste wurden an den Zeltpflöcken angebunden und mit Gerste gefüttert. Die feinsten Teppiche wurden ausgerollt, gewürzter Kaffee wurde serviert. Der Scheich schlachtete ein Schaf für die Gäste. Während das Fleisch im großen Topf kochte, sprachen die Männer über die gute Nachbarschaft, über die gemeinsame Weide der Stämme, über Wanderschaft und über Wasser. Als die nächste Runde Kaffee serviert wurde, sprach der Scheich unseres Stammes zum Scheich von Fatimas Stamm: »Ich möchte mit dir ein paar Worte neben dem Zelt wechseln.«

Der andere Scheich nickte. Sie traten aus dem Zelt. Ihre großen, schwarzen Umhänge flatterten im Wind. Sie setzten sich neben die Kamele.

»Wir sind zu euch gekommen, um um die Hand von Fatima zu bitten. Ich hoffe, dass du zu unserer Seite stehen wirst.«

Der Scheich von Fatimas Stamm strich seinen schneeweißen Bart und erwiderte dann: »Ihr seid willkommen! Wir sind alte Freunde, und ich habe nicht vergessen, wie du uns bei der Beilegung der Blutrache geholfen hast.« Er schwieg einen Moment und fuhr dann fort: »Der Wind ist stark. Lass uns ins Zelt zurückkehren und die Sache mit den Männern besprechen.«

Die Scheichs kehrten in das Zelt zurück, und nach einem weiteren Kaffee sprach der Stammesälteste zu den Gästen: »Unsere Stämme sind seit Generationen gute Nachbarn. Unsere Vorfahren haben von den euren Frauen bekommen. Heute sind wir gekommen und bitten um die Hand eines Mädchens aus eurem Stamm. Frauen bringen die Stämme zueinander, aber sie können die Stämme auch trennen.«

Der Scheich von Fatimas Stamm erwiderte: »Dein Stamm und deine Vorfahren sind gute Freunde, und sie sind uns teuer. Eure Abstammung ist edel wie unsere. Wir geben euch Mädchen, und wir nehmen von euch Mädchen. Allah möge eure und unsere Nachkommen segnen!«

So sprach der Scheich und richtete seinen Blick auf Fatimas Vater. Dieser hub an zu sprechen: »Mädchen und Pferde sind teuer, und man gibt sie nicht gerne aus der Hand. Nachbarrecht und Nachbarliebe sind in unseren Sitten tief verankert. Ich enthalte euch meine Tochter nicht vor. Ihr seid willkommen!«

Der Onkel des Großvaters richtete sich auf und sprach: »Wir haben große Kamelherden, Schafe und Goldmünzen. Was ihr nehmt, ist uns lieber, als was ihr lasst!« Er richtete seinen Blick auf Fatimas Vater und fuhr fort: »Was verlangst du als Brautgabe für deine Tochter?«

Der Vater strich seinen langen Bart und erwiderte: »Kamele, Schafe und Gold haben wir genug. Ich verlange ein getrenntes Zelt für meine Tochter. Von deinem Neffen verlange ich, dass er zwischen beiden Frauen Gerechtigkeit walten lässt und sie gut behandelt.« Er schwieg einen Moment und fuhr dann fort: »Als Brautgabe für Fatima verlange ich vierzig Kamele. Wer billig heiratet, scheidet auch billig!«

Es wurde still im Zelt. Alle Augen richteten sich auf den Onkel des Großvaters. Dieser hub an: »Vierzig Kamele sind nicht viel. Du bist ein großzügiger Mann!« Er schaute den Scheich an. Dieser wandte sich an den Vater von Fatima: »Wie viel Kamele wirst du davon unseren Gästen geben?«

»Zehn Kamele für die Gäste, und weitere zehn Kamele für die Männer meines Stammes!«, entgegnete der Brautvater.

»Dann bleiben zwanzig Kamele«, bemerkte der Scheich. Ein Mann aus einem anderen Stamm wandte sich an Fatimas Vater: »Und ich und mein Stamm?«

»Fünf Kamele für dich und deinen Stamm«, erwiderte der Vater von Fatima. Und der Stammesälteste sagte: »So bleiben noch fünfzehn Kamele.«

Ein alter Mann rief aus einer Zeltecke: »Wie viele Kamele für unseren Stammesahnen?«

»Drei Kamele für den Stammesahnen!«

Es herrschte Stille, die Männer nickten.

Der Stammeskadi unterbrach die Stille: »Es sind zwölf Kamele geblieben. Wie viele für Allah?«

Der Brautvater kratzte sich die Nase und erwiderte: »Ein Kamel für Ihn.«

»Es sind elf Kamele geblieben!«, sagte der Stammesälteste. »Wie viele für diese Kaffeekanne, aus der die Gäste des Stammes trinken?«

»Zwei Kamele für die Kaffeekanne!«

»Es sind neun Kamele geblieben«, sagte der Bodenrichter und fuhr fort: »Wie viel Kamele für den berühmten Frauenrichter Al-Oqbi?«

»Zwei Kamele für den Frauenkadi!«

Nachdem so die Brautgabe ausgehandelt war, sagte der Brautvater: »Die verbliebenen sieben Kamele verlange ich als Brautgabe für meine Tochter. Und das Recht ihrer Mutter für die Stillzeit bestimmt diese selbst.«

Der Onkel des Großvaters wandte sich an Fatimas Vater und sprach: »Deine Großzügigkeit ist groß, und dein Herz ist warm. Du wirst die sieben Kamele für deine Tochter als Brautgabe bekommen, und auch die Mutter wird ihr Recht bekommen!« Er stand auf und setzte sich vor Fatimas Vater, reichte ihm die Hand und sprach: »Gibst du mir deine Tochter Fatima als Frau für meinen Neffen Sallam?«

»Ich gebe meine Tochter Fatima deinem Neffen Sallam zur Frau!«

Beide Männer drückten sich die Hände, und man sprach Verse aus dem Koran. »Gesegnet, gesegnet!«, gratulierten die Männer dem Großvater. Und so wurde die zweite Ehe des Großvaters geschlossen.

Nachdem man das Mahl aus Hammelfleisch und Fladenbrot eingenommen hatte, kehrten die Männer unseres Stammes zurück.

Fatimas Vater erzählte seiner Familie, was er mit dem Onkel des Bräutigams vereinbart hatte. Seine Frau fragte: »Hast du ihm gesagt, dass meine Tochter ihr eigenes Zelt verlangt? Und was ist mit meinem Recht?«

»Fatima wird ihr Zelt bekommen. Eine Gabe für die Stillzeit ist dein Recht. Du selbst wirst es mit deinem zukünftigen Schwiegersohn aushandeln!«

Fatima lauschte diesen Worten und wusste nicht, was sie davon halten sollte. Sie begann zu weinen. Der Vater trat auf seine Tochter zu: »Meine Tochter! Das ist der Weg der Mädchen! Ich habe für dich einen edlen Mann aus einem befreundeten Stamm ausgesucht. Als Brautgabe bekommst du sieben Kamele, damit er lange an diese Brautgabe denken wird. Ich will davon nichts behalten. Wir werden die Kamele verkaufen und dafür Gold und Silber einhandeln. Dieser Schmuck wird dir in harten Zeiten zugutekommen. Wenn dein Mann dich schlecht behandelt, bringen wir ihn vor den Frauenkadi. Ihm gehört dein Fleisch, aber deine Seele gehört deiner Sippe!«

Währenddessen erreichten die Männer unser Zeltlager. Vor dem Zelt des Großvaters rief der Onkel laut: »Frauen! Trällert, trällert!«

Die Frauen in Großvaters Zelt begannen, zu singen und zu trällern, und so verbreitete sich die Nachricht von der Verlobung wie eine Rauchwolke im Zeltlager.

Aischas Vater und der Großvater setzten sich zu Aischa und versuchten, sie aufzuheitern. »Er ist dein Vetter! Beglückwünsche ihn!«

Aischa murmelte und konnte nur mit Mühe ihre Tränen unterdrücken.

»Du wirst von mir dein Recht bekommen!«, sagte der Großvater.

Immer mehr Frauen drängten in das Zelt. Sie kamen, um der Mutter zu gratulieren. Aischa durfte keine Schwäche zeigen. Auch zu ihr kamen Frauen und versuchten, sie zu trösten.

»Das große Zelt bleibt dein Zelt. Und meine Stute werde ich nur an deinen Zeltpflock anbinden. Ich werde dir ebenso viele Stoffe kaufen wie der Braut. Auch wirst du den gleichen schwarzen Umhang bekommen wie sie. Und nun segne meine Ehe mit Fatima!«, sprach der Großvater.

Mit schluchzender Stimme sagte Aischa: »Sei gesegnet! Allah möge dir eine Schar Kinder schenken!«

So ging der Großvater ins Männerzelt, und die Männer gratulierten ihm. »Fatima möge dir viele Kinder schenken! Sie sollen dir nachlaufen wie die Küken hinter dem Huhn!«, sprach ein Freund.

Immer mehr Frauen kamen ins Zelt, um der Schwiegermutter ihre Glückwünsche zu überbringen. Als Aischa die Frauen im Zelt tanzen sah, konnte sie ihren Kummer nicht länger unterdrücken. Tränen rollten wie Perlen über ihre Wangen.

Eine alte Frau hatte Mitleid mit ihr. Sie flüsterte ihr ins Ohr: »Wenn dein Mann sich nicht anständig benimmt, dann komme zu mir! Ich werde ihm schon den Kopf zurechtrücken. Viele Männer fürchten meine magische Perle. Und jetzt weine nicht mehr, meine Tochter!«

Und so sangen die Frauen in Großvaters Zelt, bis die Sonne ihr erstes fahles Licht auf unser Zeltlager warf.

Am nächsten Tag nach dem Morgenkaffee wurden sieben Kamele aus der Herde ausgewählt und in Begleitung des Großvaters und seines Onkels zum Brautvater gebracht. Dieser musterte die Kamele und nickte. Der Bräutigam und sein Onkel wurden ins Zelt von Fatimas Mutter geführt. Die Brautmutter trug ihr feines Kleid und einen Schleier. Sie empfing die Gäste in ihrem Zelt.

»Die Gäste seien willkommen!«, rief sie schon vor dem Zelt. Schon vorher hatte sie die bunten Teppiche ausgerollt. Der Bräutigam, sein Onkel und der Vater der Braut kamen ins Zelt, wo sie mit gewürztem Kaffee begrüßt wurden. Die Brautmutter richtete ihre forschenden Blicke auf den zukünftigen Schwiegersohn. Sie sprachen über die Brautgabe und die Abstammung der Kamele. Die Braut lauschte den Worten hinter der Trennwand des Zeltes.

Nach geraumer Zeit sprach der Onkel zur Brautmutter: »Wir sind in dein Zelt gekommen, um dir dein Recht zu geben. Was verlangst du von deinem Schwiegersohn?«

Die Brautmutter überlegte. In ihrer Hand hielt sie einen ihrer langen Haarzöpfe. »Ich habe Fatima neun Monate lang in meinem Bauch getragen. Sie wanderte in meinem Bauch mit mir, wohin ich auch ging. Man kann die lange Strecke nicht messen. Die Geburtsschmerzen waren groß, und meine Hände krallten sich in die Zeltstange. Ich habe Fatima länger gestillt, als die Kamele ihr Junges stillen. Ich habe sie großgezogen. Man kann eine Mutter dafür weder mit Kamelen noch mit Münzen entlohnen. Ich bin stolz auf meine Tochter, sie achtet auf ihre Ehre!«

Die Mutter nahm ihre Hand von dem Haarzopf und fuhr fort: »Trotzdem werde ich auf mein Mutterrecht nicht verzichten. Ich verlange fünf Schafe und einen Umhang!«

Der Onkel richtete seinen Blick auf den Brautvater, und dieser wandte sich an seine Frau: »Das ist nicht viel für eine Mutter, die eine Tochter erzogen hat!« Er holte Luft und fuhr fort: »Aber diese Männer haben zum ersten Mal dein Zelt betreten. Dein Vater war großzügig, sei du ihm gleich!«

Die Brautmutter sagte: »Ich schenke meinem Schwiegersohn und seinem Onkel jedem ein Schaf.«

»Du wirst die drei Schafe und den Umhang bekommen«, erwiderte der Onkel.

Dann wurde Kaffee serviert. Die Braut lugte durch ein Zeltloch. Sie richtete ihre Blicke auf den Bräutigam, der stolz in seinem weißen Gewand dasaß. Vier lange Haarzöpfe hingen über seine Brust.

Der Onkel wandte sich an den Brautvater: »Ihr wisst, dass mein Bruder unlängst gestorben ist. Die Wunde des Todes ist noch nicht ausgeheilt. Mein Neffe denkt immer noch an seinen Vater, und so wollen wir kein großes Hochzeitsfest feiern. Er hat damals, als er meine Tochter heiratete, ein großes Fest veranstaltet.«

»Das ist eure Sache. Große Feste kosten auch viel!«, erwiderte der Brautvater.

»Beim nächsten Vollmond werden wir die Braut holen«, sprach der Onkel. Der Brautvater nickte.

Allmählich verabschiedeten sich die Gäste und ritten zu ihrem Stamm zurück. Auf dem Heimweg sah der Onkel die Mondsichel am Horizont, groß wie eine Wassermelonenscheibe.

»Mein Neffe! Bis zum nächsten Vollmond müssen

wir viele Dinge erledigen. Ich schlage vor, dass wir am kommenden Markttag in den Bazar reiten und die Einkäufe machen.«

Auch bei der Brautfamilie begann ein geschäftiges Treiben. Man vereinbarte, am kommenden Markttag die sieben Kamele zu verkaufen und dafür den Brautschmuck zu erwerben.

Die Mädchen des Stammes kamen zu der Braut ins Zelt und beglückwünschten sie. »Wir haben auf deine Hochzeitsnacht gewartet. Du wirst einen wunderbaren Mann heiraten. Ich habe ihn auf seinem Kamel reiten sehen«, sagte Maleha.

»Wir werden für deine großen Augen frischen Kajal vorbereiten«, sprach eine andere Freundin.

Die Mädchen brachten ein kleines Gefäß und füllten es mit Olivenöl. Aus einem alten Kleid schnitten sie ein Stück Stoff und legten ein Ende davon in das Gefäß, dessen Öffnung mit Teig verschlossen wurde. Als der Teig getrocknet war, zündeten sie das obere Ende des Stoffes an. Der Ruß stieg bis zum Zeltdach. Nun brachten sie drei Steine und legten sie um das Gefäß. Darauf setzten sie ein Tablett, auf dem sich Ruß sammelte. Von Zeit zu Zeit nahmen die Mädchen das Tablett und schabten den so entstandenen Kajal ab. Dann setzten sie das Tablett erneut über die Flamme, bis sie genug Kajal für die Braut vorbereitet hatten.

So rückte die Hochzeit näher. Am Markttag ritt der

Bräutigam mit seinem Onkel, seiner Mutter und Aischa in die Stadt. Dort gingen sie kreuz und quer durch den Bazar und kauften Stoffe, Umhänge, Weihrauch und allerlei Süßigkeiten und was sonst noch für die Hochzeit gebraucht wurde. Für Aischa kauften sie genauso viel Stoff wie für die Braut.

Als der Bräutigam dem Händler die ausgehandelte Summe in die Hand gedrückt hatte, erinnerte sich seine Mutter, dass sie noch etwas vergessen hatte.

»Was ist denn, Mutter?«

»Wir brauchen noch Stoff für ein Kleid!«

»Für wen?«, fragte Aischa, und ihre Augen funkelten. »Das ist nicht so wichtig, meine Tochter!«

Aber Aischa erwiderte: »Heute ist alles wichtig. Ich will wissen, für wen der Stoff gedacht ist!«

Die Mutter schaute ihrem Sohn in die Augen, und mit leiser Stimme sagte sie: »Der Stoff ist für Zainab.«

Aischa schüttelte ihren Kopf. Zornentbrannt rief sie: »Ach ja! Für die Nachbarin! Sie hat die Eier für das Huhn gefunden. Das Kleid soll auf ihrer Haut brennen wie getrockneter Kamelmist im Feuer!«

Der Onkel fuhr dazwischen: »Ruhe! Wir wollen keinen Streit auf dem Bazar haben. Was werden diese dickköpfigen Fellachen von uns denken? Du, Händler, gib noch Stoff für ein Kleid!«

Als sie aus dem Geschäft heraustraten, trafen sie im Gewühl der Gasse die Braut mit ihren Eltern. Die Männer grüßten einander, und die beiden alten Frauen umarmten sich.

Aischa und Fatima standen wie gebannt. Ihre Füße waren wie Zeltpflöcke im Herzen der Erde. Die Braut begrüßte Aischa, und diese versuchte, ihre zusammengepressten Lippen zu lösen. Dann erwiderte sie den Gruß.

»Wir waren auf dem Markt. Es gab viele Kamele dort, und es hat lange gedauert, bis wir unsere sieben verkauft hatten. Jetzt wollen wir beim Goldschmied Schmuck für die Braut kaufen«, sprach der Brautvater zu den Männern.

Der Onkel erzählte seinerseits, dass sie die Sachen für die Braut und ihre Mutter besorgt hätten. »Diese Händler verlangen teure Preise. Die denken, diese Beduinen haben so viel Gold wie Sand!«

Sie unterhielten sich noch eine Weile, dann verabschiedeten sie sich voneinander.

Auf dem Weg zum Goldschmied sagte der Brautvater: »Ich will von der Brautgabe nichts für mich behalten. Mit dem Erlös aus den Kamelen kaufen wir Gold und Silber für Fatima.«

Als sie das Juweliergeschäft betraten, wurden sie vom Händler mit vielen Verbeugungen empfangen. Er bestellte Tee für die Kunden, und eilfertig öffnete er die Schränke und Vitrinen. »Hier sind die besten Münzen für Halsketten, da sind Ohrringe und dort die Ringe.«

Die Eltern und die Braut nahmen Münze für Münze in die Hand, wogen sie und achteten auf die Farbe.

»Das ist das beste Gold und Silber auf dem Bazar!«, versicherte der Händler. »Heiratet deine Tochter? Alle Bräute kaufen ihren Schmuck bei mir!«

Es dauerte eine Weile, bis sie sich über den Preis einigen konnten. Dann lächelte der Juwelier, als er die Geldscheine sah. Ein Strahl von Freude strich über sein dickes Gesicht. Als er die Scheine zwischen den Fingern hielt, sagte er scherzhaft: »Ich gebe dir das Geld zurück und bekomme dafür die Braut!«

Der Brautvater erwiderte ihm: »Du bist ein Städter, und Städtern geben wir unsere Töchter nicht. Egal, wie viel Brautgabe sie versprechen!«

Und die Brautmutter murmelte unter ihrem Schleier: »Das fehlte mir gerade noch! Ein Schwiegersohn mit einem Gesicht so rund wie ein Fladenbrot!«

Nachdem sie ihre Einkäufe getätigt hatten, ritten sie am späten Nachmittag zum Zeltlager zurück. Dort kamen die Frauen und bestaunten die Stoffe aus Damaskus, Kairo und Bagdad. Süßigkeiten wurden verteilt.

Auch im Zelt der Braut kamen die Frauen zusammen. Die feinen Stoffe, Henna und Weihrauch wurden begutachtet. Silber- und Goldschmuck ging durch alle Hände, wurde gewogen und geschätzt. Fatimas Freundin Zahra brachte ihr das Kajalfläschchen und versprach, in der Hochzeitsnacht die großen Augen der

Braut zu schminken. In beiden Zelten herrschte ein buntes Treiben.

Des Abends richtete man seine Blicke öfter als gewöhnlich zum Sternenhimmel. Jede Nacht wuchs der Mond um eine Sichelgröße. Die Kamele genossen das Mondlicht, wenn sie nachts neben den Zelten weideten. Drei Tage bevor der Mond seine Fülle erreichte, nahm die Mutter des Bräutigams die eingekauften Stoffe für die Braut und den Umhang für deren Mutter und ritt zum Zeltlager.

Als die Ohren ihres Esels aus der Schlucht auftauchten, rannte ein Kind zur Brautmutter, »Die Mutter des Bräutigams kommt! Die Satteltaschen des Esels sind voll wie die Bäuche der Ziegen!«, rief es.

»Sei ruhig! Schrei nicht so laut!«, schalt die Brautmutter.

Vor dem Zelt der Brauteltern wurde sie herzlich empfangen, und die Brautmutter nahm die Geschenke entgegen. Die Frauen saßen auf dem Teppich und waren mit den Geschenken beschäftigt. Der Schmuck der Braut wurde ihrer zukünftigen Schwiegermutter gezeigt, und diese bewunderte das glänzende Gold.

Als Zainab das Zelt betrat, drückte ihr die Mutter des Großvaters den Stoff in die Hand: »Dieser Stoff ist für dich, vom Bräutigam. Du hast ihn verdient.« Zainabs Gesicht strahlte, als sie ihre Hand über den feinen Stoff aus Damaskus gleiten ließ.

Auch die Freundinnen der Braut kamen ins Zelt, als sie den Esel mit den gefüllten Satteltaschen erblickten. Sie hatten ihr Nähzeug mitgebracht und fingen an, Kleider zu entwerfen. Es herrschte feierliche Stimmung. Ein Mädchen flüsterte der Braut ins Ohr: »So schöne Stoffe wünsche ich mir auch für meine Hochzeit. Schau nur! Diese Rosenfarbe, das Orange und das Knallrot mag ich gerne.«

Die Braut tröstete das Mädchen: »Das Brautkamel wird bestimmt bald vor eurem Zelt haltmachen und dich abholen!«

Als die Sonne einen großen Bogen um das Zelt beschrieben hatte und sich dem Berggipfel näherte, verabschiedete sich die Mutter des Bräutigams von den Frauen und ritt zu ihrem Zeltlager zurück.

Als die Alte in das Zelt zurückkam, fand sie Aischa mit dem Nähen ihres Kleides beschäftigt. Der Großvater hatte seiner Frau gerade ein Zicklein versprochen, wenn die alte Ziege werfen würde. Die Mutter erzählte von ihrem Besuch im Brautzelt. Wie die Frauen des Stammes die großen Geschenke und die feinen Stoffe bewundert hatten. Dann nahm die Mutter das Hochzeitsgewand des Bräutigams und fing an zu waschen. Aischa heftete ihren Blick auf das Gewand. In Gedanken versunken, setzte sie einen Stich neben den anderen.

»Mit diesem schönen Gewand kam er als Bräutigam zu mir, und jetzt geht er in diesem Gewand zu der anderen Braut!« Plötzlich wurde ihr schwarz vor den Augen. Sie ließ die Nadel fallen. Als die Schwiegermutter das Gewand aus der Waschschüssel hob und ihren Kopf aufrichtete, sah sie Aischa mit gesenktem Haupt sitzen. Die Schwiegermutter befestigte das tropfende Gewand an einem Zeltseil und trat zu Aischa. Sie hielt ihre Schwiegertochter am Arm, und mit sanfter Stimme sprach sie zu ihr: »Mein Kind, was ist los mit dir?« Langsam kam Aischa zu sich, und sie hörte die Schwiegermutter dieselben Worte wiederholen. Sie öffnete ihre Augen, und mit verstörter Stimme sagte sie: »Das Gewand, das Gewand …«

Und die Schwiegermutter erwiderte: »Ich habe es nur gewaschen.«

Aischa stöhnte: »Warum hat er sich nicht ein neues Gewand gekauft?«

Die Schwiegermutter verstand nicht, was Aischa damit meinte, und in ihrer Verlegenheit erwiderte sie: »Das Gewand ist doch fast neu! Hochzeitsgewänder sind auch nicht gerade billig!«

»Es ist schon gut!«, erwiderte Aischa und versuchte, weiter an ihrem Kleid zu nähen.

Der Mond wurde immer größer. An dem Tag, an dem die Braut geholt werden sollte, herrschte in beiden Zeltlagern geschäftiges Treiben. Ein Kamel wurde vor das Zelt des Großvaters geführt. Die Frauen schmückten das Brautkamel. Andere Frauen kümmerten sich um das Brautzelt.

Im Zelt der Brauteltern wuschen die Mädchen die Braut und ölten ihre Haut mit duftendem Rosenöl ein. Die großen Augen wurden mit Kajal geschminkt, die Haare zu Zöpfen geflochten. Das bunte Hochzeitskleid wurde ihr angelegt. Ihren Hals zierten glänzende Goldketten, und ihre Finger waren mit glitzernden Ringen geschmückt.

Währenddessen erhob sich das Brautkamel und machte sich auf die Wanderschaft zum Nachbarstamm, begleitet von Frauen und Männern. Man sang weniger als bei Aischas Hochzeitsfest, wegen des Todes des Urgroßvaters. Auch die Brautkarawane war kleiner. Als das Brautkamel in Fatimas Zeltlager eintraf, wurde es vom Scheich und den Männern des Stammes empfangen. Die Männer gingen ins Scheichzelt, und die Frauen suchten das Zelt der Brauteltern auf.

Die Braut war von den Mädchen umringt. »Du wirst nicht weit von uns wohnen, o Fatima! Nur einen halben Tagesritt auf dem Esel entfernt!« So versuchten sie, die Braut aufzumuntern.

Nachdem die Gäste bewirtet worden waren, geleitete der Brautvater seine Tochter zum Kamel. Mit zitternder Stimme verabschiedete er seine Tochter: »Allah möge euch segnen! Nachkommen und Reichtum seien eurem Stamm beschieden!« Als das Kamel sich umdrehte und seine Nase in Richtung des Brautzeltes wandte, sprang ein Sklave herzu und hielt mit einer Hand die Kamelzügel fest.

»Das Brautkamel wird sich nicht von diesem Fleck bewegen, bevor ich nicht mein Recht bekommen habe!«, sprach er.

Der Onkel des Bräutigams stieg von seiner Stute ab und ging auf den Sklaven zu. »Wir haben dich vergessen, o glücklicher Sklave! Dein Recht ist dir sicher!« Und er drückte ihm eine Münze in die Hand. »Das ist für ein Gewand.«

Der Sklave steckte die Münze in seine Tasche. Als er die Braut betrachtete, rollten Tränen über seine breite Nase. Dann ließ er die Kamelzügel los und entfernte sich lautlos, wie er gekommen war.

Und so zog die Hochzeitskarawane weiter. Als sie unser Zeltlager erreicht hatte, setzte sich das Brautkamel vor dem Zelt des Großvaters nieder.

Aischa begrüßte die Braut und geleitete sie ins Zelt: »Dein Eintritt in das Zelt soll meinen Vetter mit vielen kleinen Löwen segnen!«

Immer mehr Frauen kamen in Großvaters Zelt. Sie begrüßten die Braut und ermutigten Aischa.

»Sei höher, Aischa, als dein Unglück!«

Und Aischa erwiderte:

»Ich bin hoch,
und Allah hat mich lieb!«

So verbrachte die Braut geraume Zeit in Aischas Zelt, umringt von den Frauen und Mädchen.

Nach dem Festmahl wurde sie ins Brautzelt geführt. Die Frauen sangen und tanzten eine Weile, während Fatima auf dem Hochzeitslager saß. Nach und nach begannen die Frauen, sich aus dem Brautzelt zurückzuziehen, bis auf die Schwiegermutter.

Als der Vollmond über dem vorderen Zeltseil stand, kam der Bräutigam. Dieses Mal ohne Begleitung von Freunden. Um seine Ankunft anzukündigen, hüstelte er neben dem Brautzelt. Mit stolzen Schritten erreichte er den Zelteingang. Er hob die Zeltbahn hoch und betrat das Zelt. Bei der Braut fand er seine Mutter. Als sie ihn erblickte, stand sie auf und verließ das Zelt.

Der Bräutigam begrüßte seine Braut und setzte sich neben sie. »Der Gast sei willkommen! Du bist hier in meinem Stamm wie in deinem.«

Dann überreichte er ihr ein Geschenk. Die Braut nahm es entgegen, aber ihre Hände zitterten. Sie war aufgeregt, denn sie kannten einander nicht. Der Großvater aber war ruhig, denn es war ja bereits seine zweite Hochzeit.

Er erzählte ihr von sich und seinem Stamm und davon, wie sehr er ihren Stamm schätzte. Die Braut lauschte seinen Worten und blieb schweigsam. Der Bräutigam erzählte und erzählte.

Dann streckte er langsam seine Hand aus und zog den Schleier vom Gesicht der Braut. Im Mondlicht, das durch die Zeltlöcher schien, konnte er die großen, mit Kajal geschminkten Augen sehen, und der Duft des Rosenöls stieg ihm in die Nase. Der Weihrauch verbreitete sich im Brautzelt. Der Großvater war verzaubert von Fatimas Schönheit. Einen kleinen Augenblick lang, während er seine Augen auf die Braut heftete, dachte er an seine Mutter und an Zainab. »Die Nagadeh hat gute Augen!«, dachte er bei sich.

Der Bräutigam legte seinen schwarzen Umhang auf das Lager, und mit der Hand strich er der Braut über die Stirn und die langen schwarzen Haarzöpfe, die mit Perlen und Nelken geschmückt waren. Als er ihren schlanken Hals berührte, hörte er die Münzen der Halskette klimpern. Er spürte, wie ihr Herz schneller schlug, als er seine Hand auf ihren Kleiderausschnitt legte.

»Du sollst dich hier nicht fremd fühlen. Du bist meine Braut und ich dein Bräutigam. Und das sind die Sitten.«

Die Braut legte ihren Arm um seine Schulter, und nach einer Weile sprach sie zu ihm: »Wir begegnen uns zum ersten Mal. Ich will von dir mein Gastrecht haben!«

»Der Gast sei willkommen!«, erwiderte der Bräutigam. »Was wünscht sich meine Besucherin?«

»Ich will meine drei Gastnächte haben!«, erwiderte die Braut.

»Das bekommst du von mir. Dein Recht sei dir gewährt!«, versicherte der Bräutigam seiner Braut. Er zog seine Hand zurück und begann, ihr viele Geschichten zu erzählen. Und auch die Braut erzählte ihm, bis der Schlaf sie überwältigte.

Am nächsten Morgen, als die Sonne ihre ersten Strahlen über die schwarzen Zelte warf und die Hühner ihre Häuser verließen, brachte die Bräutigammutter Wasser ins Brautzelt. Der Bräutigam wusch sich und ging ins Männerzelt.

Die Männer beglückwünschten ihn: »Deine Nacht sei gesegnet!« Ein alter Mann musterte den Großvater und flüsterte seinem Nachbarn zu: »Die Braut ist Gast bei ihrem Bräutigam.« Der Angesprochene schaute dem Großvater in die Augen und erwiderte: »Es sieht so aus!«

Während der Bräutigam sich bei den Männern befand, kam die Schwiegermutter zur Braut. Sie brachte ihr Frühstück und sah das Tuch nicht hängen. Nach kurzem Überlegen fragte sie die Braut nach dem Tuch mit dem Jungfernblut. »Mein Mann hat mir das Gastrecht gewährt«, erwiderte die Braut.

»Das antworte auch, wenn dich die anderen Frauen fragen!«, sagte die Schwiegermutter.

Nach und nach kamen Frauen und Mädchen in

das Zelt und überbrachten der Braut Geschenke. Eine hochbetagte Frau mit runzligem Gesicht und knöchernen Fingern ließ ihre Blicke durch das Brautzelt schweifen. Als ihre Augen nicht fanden, was sie suchten, nickte sie und dachte nach.

Die Braut hatte aufmerksam die Blicke der Alten verfolgt. »Du suchst das Tuch mit dem Jungfernblut?«

Die Alte unterbrach ihre Gedanken und drehte hastig ihren Kopf zur Braut. Und die Braut heftete ihre Blicke auf die Alte und sprach: »Ich bin noch Mädchen! Und mein Mann ist kein Versager! Er hat mir das Gastrecht gewährt. Nach der dritten Nacht wird das Tuch auf der Zeltstange hängen!«

Die Alte murmelte, und ein Strahlen strich über ihr vertrocknetes Gesicht. Eine Hebamme schaltete sich ein: »Die Braut ist Gast in unserem Stamm. Und das Gastrecht ist heilig! Dies ist eine alte Sitte. Sie ist gut für die Braut und für den Bräutigam, denn sie besänftigt die Gemüter. Die Braut und der Bräutigam haben noch viele Nächte vor sich!« Die andern Frauen lauschten diesen Worten und trällerten.

So verbrachte der Bräutigam die drei Nächte im Brautzelt. Er erzählte seiner Braut viele Geschichten über seine tapferen Vorfahren, und sie sprach von ihrer Kindheit und Jugend in ihrem Stamm. Und später in der Nacht, als der Mond sein fahles Licht durch den Rücken des Zeltes warf, bettete er seinen Arm unter ihren

Kopf wie ein Kissen, und sie legte ihren Arm auf seine Brust. So schliefen sie ein.

Als die drei Nächte verstrichen waren, ging das Gastrecht zu Ende. In der vierten Nacht trat der Bräutigam ins Brautzelt. Auf dem Hochzeitslager verbrachten beide eine lange Nacht. Erst als die Morgendämmerung ihre ersten Strahlen auf das Brautzelt warf, wurden sie vom Schlaf überwältigt.

Der Großvater und seine Braut wachten erst auf, als die Stimme der Mutter neben dem Zelt ertönte. Sie brachte eine Frühstücksplatte mit frisch gebackenem Fladenbrot, leckerem Ziegenkäse, Eiern, Datteln und vielen anderen Dingen mehr.

Die Braut zog ihr Morgenkleid an und nahm die Platte dankend von der Schwiegermutter entgegen. Sie stellte die Platte auf den bunten Teppich, und beide genossen das Hochzeitsfrühstück. Während sie ihren Tee schlürften, zog Nebel über das Zeltlager und hüllte die schwarzen Zelte in einen weißen Schleier. Als der Nebel durch die kleinen Zeltlöcher seinen Weg ins Brautzelt fand, sprach der Bräutigam: »Nebel ist gekommen. Das ist ein gutes Zeichen für unsere Hochzeitsnacht. Jetzt haben wir gefrühstückt, und nun lass uns unter dem Nebelschleier auf dem Hochzeitslager ruhen!«

Die Leute im Stamm begrüßten die Nebelschwaden als ein glückliches Zeichen für das Paar und auch für die Weide. Erst gegen Mittag, als die Sonne bereits über der mittleren Zeltstange stand, lösten sich die letzten Nebelschleier. Die Mittagshitze weckte das Paar aus seinem Schlummer.

Der Bräutigam erhob sich und wusch sich in einer Ecke des Brautzeltes. Dann ging er ins Männerzelt. Die Braut befestigte das Tuch mit dem Jungfernblut an der Zeltstange.

Als die hochbetagte Frau das befleckte Tuch erblickte, trällerte sie mit leiser Stimme. Ihre Töne erreichten kaum die Ecke des Brautzeltes. Die Alte umarmte die Braut und gab ihr einen Kuss auf die Stirn. Dann sprach sie: »Zu mir kommen viele Frauen, wenn sie mit ihren Männern nicht zurechtkommen. Ich verfüge über viele Dinge, die deinem Mann den richtigen Weg weisen. Siehst du diese letzte, blaue Perle an meiner Halskette? Sie hat vielen Frauen geholfen, wenn die Männer ungerecht waren!« Die Alte strich der Braut über die Haare.

So ging die Hochzeit zu Ende. Das kleine Brautzelt wurde mit ein paar Zeltbahnen vergrößert und war nun Fatimas Zelt. Und der Großvater verbrachte abwechselnd eine Nacht in Fatimas Zelt und die nächste in Aischas Zelt. Fatima half ihrer Schwiegermutter bei der Zeltarbeit. Auch die anderen Frauen mochten Fatima, denn sie war zurückhaltend. Sie folgte dem Rat ihres Vaters.

»Meine Tochter«, hatte er ihr geraten, »du kommst in einen fremden Stamm. Halte dich aus Zank und Streit heraus! So sparst du dir Ärger, und die Frauen werden dich schätzen!«

In jenem Jahr gab es in unserem Stamm mehr Regen als in anderen Jahren. Die Weide war grün, und die ersten Ähren sprossen. Und Fatima wurde schwanger. Die Blicke der Frauen waren auf ihren Bauch geheftet.

Aischa zog eine Hebamme nach der anderen zu Rat, doch ohne Ergebnis.

»Ich dachte mir, Aischa würde aus Eifersucht über die zweite Frau schwanger werden«, bemerkte ein alter Mann.

Und sein Freund pflichtete ihm bei: »Ich habe Fälle erlebt, wo Eifersucht Frauen nach vielen Jahren der Kinderlosigkeit zur Schwangerschaft verhalf. Aber das braucht nicht immer so zu sein!«

»Oder Aischa ist nicht eifersüchtig genug!«, scherzte ein anderer.

Die Monate der Schwangerschaft vergingen wie im Flug. Zähle die Eier in der Bratpfanne, aber zähle nicht die Monate einer Schwangeren!

Eines Nachts weckte Fatima ihren Mann: »Sallam, steh auf! Das Kind in meinem Bauch ist unruhig!«

Vor Anbruch des Tageslichts ritt der Großvater auf seinem Kamel zur Hebamme und holte sie ins Zeltlager. Als die Hebamme das Zelt betrat, sah sie Fatima mit beiden Händen die mittlere Zeltstange umklammern. Sie war umringt von Frauen. Fatima schrie.

Die Hebamme setzte sich nieder und begann, den Bauch der Gebärenden zu massieren. »Du, meine Tochter!«, sagte sie. »Die Schmerzen der Geburt werden bald vorbei sein. Das erste Kind ist immer schwierig. Dann wird die Sache leichter.«

Sie rief die Schwiegermutter: »Fache Feuer an! Hier, wirf dieses Weihrauchstück hinein!«

Die Hebamme rieb sich die Hände mit einer Salbe ein und hob das Kleid der Gebärenden. Die ersten Weihrauchsäulen stiegen zum Zeltdach. »Atme tief durch, Fatima! Der Weihrauch lindert die Schmerzen.«

»O Stammesahn! Steh der Gebärenden bei!«, murmelte die Hebamme. Ihre Hände glitten über den prallen Bauch von Fatima. Wieder erfüllte ein Schrei das Zelt. Die Hebamme nahm ihr Kopftuch, verknotete die Enden und schob es Fatima in den Mund: »Beiß fest! Ich sehe etwas!« Der Schrei erstickte, und nur noch ein Stöhnen war zu vernehmen. Schweißperlen rannen über Fatimas Gesicht.

»So ist es gut, meine Tochter«, sagte die Hebamme.

Immer wieder strich die Alte über den Bauch der Gebärenden. Endlich war es so weit. Mit geschickter Hand zog die Hebamme das Kind heraus. Vorsichtig ließ sie das Neugeborene auf den Teppich gleiten. Sie band die Nabelschnur ab und schnitt sie mit ihrem Messer durch.

Prüfend tastete die Hebamme den Bauch der Gebärenden ab. Er war leer.

Fatima spuckte das Tuch aus. »Was hat Allah gegeben?«, fragte sie die Hebamme.

»Kopf hoch, mein Kind! Eine Ziegenhirtin!«, erwiderte diese. Die Frauen lauschten aufmerksam.

Eine schwarze Wolke strich über Fatimas Gesicht. Sie murmelte: »Eine Tochter! Tochter …«

Inzwischen hatte die Hebamme die Nabelschnur und die Nachgeburt in ein Tuch gewickelt. »Eine der Frauen soll dieses Bündel neben dem Zelt tief im Sand vergraben. Die Hunde dürfen nicht herankommen!«

Nachdem die Hebamme die Wöchnerin auf das Lager gebettet und das Neugeborene gewickelt hatte, band sie ihr Kopftuch um und sprach zu Fatima: »Warum weinst du, mein Kind? Allah hat dir eine Tochter geschenkt. Sei nicht traurig! Ohne Mädchen gibt es auch keine langen Schnurrbärte!«

Die Alte wusch sich die Hände und machte sich auf den Weg zum Männerzelt. Das Herz des Großvaters schlug schneller, als er die Hebamme kommen sah.

»Eine Tochter! Eine Ziegenhirtin, so schön wie eine Perle!«, rief die Hebamme.

Der Großvater erhob sich und ging auf die Alte zu. »Allah möge deine Tage verlängern! Du hast meiner Frau das Leben gerettet! Meine Herde ist groß. Such dir ein Schaf aus!«

Als der Großvater sich wieder in die Runde setzte, beglückwünschten ihn die Männer: »Du hast eine Hirtin bekommen!«

Der Großvater versuchte, die Wolke der Enttäuschung von seinem Gesicht zu verscheuchen, doch es gelang ihm nicht.

Die Hebamme kehrte in das Zelt der Wöchnerin zurück und ließ sich neben dem Lager von Fatima nieder. Kaffee wurde ihr gereicht, den sie gierig schlürfte. »Wie geht es dir, meine Tochter?«, fragte sie die Wöchnerin und strich ihr über die langen Haarzöpfe.

»Ich wünschte mir so sehr einen Sohn!«, stöhnte Fatima.

»Du bist noch jung, und dies ist das erste Kind. Ohne Töchter kommen auch keine Söhne. Hast du jemals einen schwangeren Mann gesehen? Kopf hoch!«

Die Hebamme wendete sich an die Schwiegermutter: »Höre! Keine Frau, die ihre Tage hat, darf das Zelt betreten. Und auch keine andere Wöchnerin!« Und an Fatima gewandt, sagte sie: »Erst nach vierzig Tagen darfst du deinen Mann wieder empfangen!« Fatima nickte.

Am frühen Abend verabschiedete sich die Hebamme von der Wöchnerin und den Frauen und ritt auf ihrem Esel von dannen. Auf ihrem Weg kam ihr die Herde des Großvaters entgegen. Sie wählte ein Schaf aus, nicht zu jung und nicht zu alt, und führte es mit sich.

Nach und nach füllte sich das Zelt der Wöchnerin

mit Frauen. Sie überbrachten ihr Geschenke. Die eine gab ihr einen Korb voll Eier, die andere Datteln, und eine dritte brachte ein Huhn. »Eine kräftige Suppe wird dir guttun!«, wandte sie sich an die Wöchnerin. Fatima nickte.

»Das Kindergebären ist schmerzhaft! Du hattest großes Glück, dass die Hebamme rechtzeitig hier war. Meine Schwester starb bei der Geburt ihres ersten Kindes«, sagte die Nachbarin.

Die Schwiegermutter packte das Huhn und ging zum Männerzelt. Vor dem Zelt rief sie: »O Männer! Wer kann mir das Huhn für die Wöchnerin schlachten?«

Die Männer schauten einander in die Augen. Dann stand einer auf. »Ich kann das Huhn schlachten. Seit einer Woche habe ich das Lager meiner Frau nicht geteilt. Ich habe im Männerzelt geschlafen!« Er zog seinen Dolch und schnitt dem Huhn die Kehle durch. Nachdem das Blut im Sand versickert war, packte die Schwiegermutter das Huhn.

Während eine Frau mit Brotbacken beschäftigt war, begann die Schwiegermutter, das Huhn zu rupfen. Dann zerlegte sie es und machte sich ans Kochen. Und bald brodelte der Topf über den glühenden Kameläpfeln. Die Wöchnerin tat sich gütlich an der kräftigen Suppe. Nachdem sie sich gestärkt hatte, legte sie das Neugeborene an ihre Brust.

Während Fatimas Tochter die erste Milch aus der Brust ihrer Mutter sog, hörte man in der Ferne ein Donnergrollen. Unruhe breitete sich aus im Zeltlager.

Ein fremder Reiter näherte sich dem Scheichzelt.

»Der Krieg ist ausgebrochen!«, rief der Fremde von Weitem. Er entpuppte sich als ein türkischer Offizier. »Der Sultan ist in Not! Wir brauchen Soldaten!«, wandte er sich an die Männer.

Die Männer zogen sich unter Führung des Scheichs zur Beratung zurück. Erst spät in der Nacht einigten sie sich darauf, dem Sultan beizustehen.

Am folgenden Tag trafen sie Vorbereitungen für den Aufbruch. Die Stammeskrieger legten ihre Schwerter um und nahmen ihre Gewehre zur Hand. Sie sattelten die Pferde, verstauten ihren Proviant und füllten die Wassersäcke. Eine Schar von Reitern folgte dem türkischen Offizier. Stammeskrieger aus verschiedenen Stämmen strömten zusammen und trafen sich am Abd-Brunnen. Von dort ritten sie in Richtung Suezkanal. Unter den Stammeskriegern war auch der Großvater. Er ritt die schnellste Stute des Stammes.

Die Bewohner des Zeltlagers waren in Sorge.

Die Tage des Wartens waren lang.

Eines Morgens, als die Sonne ihre ersten goldenen Strahlen auf die schwarzen Zelte warf, sah man Staubwolken am Horizont. Die Stammeskrieger kehrten zurück, allen voran der Großvater. Stolz ritt er auf seiner

Stute ins Stammeslager ein. Hinter sich führte er ein weißes Kamel.

Die Frauen empfingen die Reiter mit Trällern, und diese schwenkten ihre weißen Kopfbedeckungen. »Wir haben Soldaten einer Kameltruppe besiegt! Die Soldaten kamen aus dem fernen Land der Inder. Ihr Anführer war ein Engländer. Wir haben die Soldaten samt dem Anführer getötet. Wir haben fünf Männer verloren, darunter einen Scheich aus dem Nachbarstamm. Die Beute war groß! Das weiße Kamel hier und zwei Gewehre habe ich erbeutet.« Der Großvater feuerte einen Schuss ab.

»Die Soldaten sind wie Hasen auseinandergelaufen!«, spottete der Spurensucher.

Nach ausgiebiger Begrüßung durch die Frauen und Kinder versammelten sich die Männer im Scheichzelt. Der Scheich ergriff das Wort: »Dem Sultan ist nicht zu helfen! Er ist hoch verschuldet und kann seine Schulden nicht zurückzahlen. Wie ein Sprichwort sagt: Schulden zu machen, ist wie ein genüsslicher Beischlaf, sie zurückzuzahlen, ist wie eine schwere Geburt! Der Sultan ist mit seinen Schulden hochschwanger. Keine Hebamme dieser Welt wird ihm bei der Geburt helfen können. Es wird eine Missgeburt!«

Und so kam es. Die Türken wurden von den Engländern aus Palästina verjagt. Soldaten des Sultans suchten Schutz in unseren Zelten. Sogar der grausame Steuereintreiber, der uns das Futter für die Herden weggenommen und die Männer mit der Peitsche geschlagen hatte, suchte unser Zeltlager auf.

Es war an einem Morgen, als er in Frauenkleidern das Männerzelt betrat. In der Mitte des Zeltes stand er und sprach: »Ich bin euer Schutzbefohlener! Ich flehe euch an!« Der Stammesälteste entgegnete: »Du bist bei uns sicher, o du Schutzsuchender!«

Als er den Schleier hob und sein Gesicht entblößte, wollten die Männer ihren Augen nicht glauben. Vor ihnen stand der Steuereintreiber. Zornentbrannt griff ein Mann zu seinem Dolch, doch der Kadi hielt ihn zurück: »Wir greifen keine Frauen an! Dem Flehenden gebührt Schutz, auch wenn er unser Widersacher ist!«

Und so blieb der Steuereintreiber bei uns. Der Großvater bezahlte später sogar die Brautgabe für den Schützling. Er und seine Nachkommen wurden Mitglieder unserer Sippe.

So, meine kleinen Löwen! Das war die Geschichte von Fatima, der zweiten Frau des Großvaters. Sein erstes Kind hat das Licht der Welt an dem Tag erblickt, an dem der große Krieg ausbrach. Seitdem scherzen wir: »Fatima hat ihre Niederkunft überstanden, der Sultan die seine aber nicht!« Allah möge uns vor dem Krieg schützen! Und jetzt schlüpft unter die warmen Decken!

Turfa

Am nächsten Abend, nachdem meine Mutter die Zeltarbeit getan hatte, versammelten wir uns um die Feuerstelle. Sie drehte sich eine dicke Zigarette aus ihrem Tabaksbeutel. Mit der kleinen Zange nahm sie ein brennendes Kamelbällchen, zündete ihre Zigarette an und nahm einen kräftigen Zug. Als die erste Rauchwolke das Zeltdach erreicht hatte, fing sie an zu erzählen.

Heute Abend erzähle ich euch, meinen kleinen Löwen, die Geschichte von Turfa, der dritten Frau des Großvaters.

Nach der Hochzeit mit Fatima verstrichen mehrere Frühlinge. Sie gebar nur Töchter. Und man nannte sie »Umm el-banat«, Mutter der Töchter.

Eines Abends, als die Männer in geselliger Runde im Scheichzelt beisammensaßen, unterhielt sie der Stammesdichter mit kurzweiligen Geschichten. Er erzählte von einem Raubzug gegen ihre Vorfahren. Doch die Männer des Stammes wehrten die Räuber tapfer ab. So gelang es den Stammeskriegern, die Herden zu schützen. Bisweilen unterbrach der Dichter seine Erzählungen, um auf seiner Rababa Musik zu spielen. Die Männer am Lagerfeuer waren stolz auf die Taten ihrer Vorfahren. Ein Greis strich sich über seinen schneeweißen Bart. Er sprach über Männer und Sippen: »Erst zähle deine Männer, dann gehe zum Brunnen, sagten unsere Vorfahren!«

Erst spät in der Nacht verließ die Runde das Scheichzelt. Der Dichter hatte ihre Köpfe mit Geschichten von tapferen Männern gefüllt.

Der Großvater eilte vom Männerzelt schnurstracks zu Aischas Zelt. Denn in dieser Nacht war sie an der Reihe. Es war spät geworden, und Aischa hatte lange auf ihren Mann gewartet. Schließlich hatte der Schlaf sie überwältigt. Der Großvater legte sich auf das Lager neben seine Frau. Er war hellwach. Die Erzählungen des Stammesdichters raubten ihm den Schlaf. Er lag auf seinem Rücken, und vor seinen Augen erschienen die tapferen Männer der Geschichten. Er stopfte seine Pfeife und begann zu rauchen. Der Abstand zwischen den Zügen seiner Pfeife wurde immer kürzer. Er paffte eine Pfeife nach der anderen, bis eine dicke Rauchwolke das Zelt erfüllte. Rauch drang in die Nasenlöcher von Aischa. Sie erwachte.

»Was ist das für ein Qualm?«, fragte sie verdutzt. »Brennt das Zelt?«

»Das Zelt brennt nicht. Beruhige dich!«, erwiderte der Großvater.

»Was bedrückt dich? O mein Vetter! Es ist spät in der Nacht, und du schläfst nicht.«

»Der Schlaf ist aus meinen Augen geflohen!«, antwortete er.

»Du bist doch nicht von einem Rächer verfolgt?«, erkundigte sich Aischa sorgenvoll.

»Allah möge uns vor der Blutrache schützen!«, erwiderte der Großvater. Er nahm einen Zug aus der Pfeife, und mit seinem Daumen drückte er den Tabak fest. Er holte tief Luft und fuhr fort: »Aischa! Heute Nacht hat uns der Stammesdichter eine Kette von Geschichten von tapferen Löwen erzählt!«

»Diese Geschichten sollen die Männer anfeuern und nicht in Sorgen treiben!«, unterbrach ihn Aischa.

»Du weißt, Aischa! Fatima gebiert nur Töchter. Und von dir hat mir Allah keine Nachkommen geschenkt. Die Männer nennen mich Väter der Töchter. Ich habe keine Söhne. Meine Mutter möchte gerne ihren Enkel streicheln, bevor sie Abschied von dieser Welt nimmt!«

Aischa erkannte die alten Sorgen ihres Vetters: »Du bist in deinem Frühlingsalter! Und reich bist du auch. Es gibt viele Frauen, die dich zum Manne wünschen. Eines Tages kommt das Brautkamel zu deinem Zelt und holt deine Töchter, eine nach der anderen. Söhne musst du haben. Sie bleiben bei dir!«

Der Großvater umarmte Aischa und küsste sie reichlich: »Du bist meine teure Cousine! Deine Worte holen mich aus einem tiefen Brunnen heraus!«

Aischa dachte kurz nach. Dann wandte sie sich an

ihren Vetter: »Du weißt, dass ich keine Kinder gebären kann! Doch deine Söhne sind Schutz für uns alle. Seit deiner Heirat mit Fatima kämpfe ich mit mir selbst. Ich bin hin- und hergerissen. Ich will dich nicht mit anderen Frauen teilen, doch auch ich möchte Stärkung für unsere Sippe. Söhne sollen deinen Namen weitertragen!«

Aischa schwieg einen Moment. Dann fuhr sie fort: »Fatima gebiert nur Töchter! Du bist reich genug und kannst dir die Brautgabe leisten. Heirate! Heirate! Heirate!«

So sprach Aischa und strich ihrem Vetter über seine Haarzöpfe. Sie erinnerten sich an die früheren Zeiten auf der Weide. Und erst kurz vor der Morgenröte schliefen sie ein. Sie schlummerten, bis die Sonne über dem Eselspflock stand.

In der nächsten Nacht war Fatima an der Reihe. Der Großvater kam vom Männerzelt schnurstracks zu Fatimas Zelt. Er lag neben ihr auf dem Lager und wälzte sich hin und her. Fatima legte ihm die Hand auf die Brust, doch sein Herz war hart wie Stein. Gedanken schossen ihr durch den Kopf: »Die Nacht mit Aischa war sehr lang für ihn!«, sprach Fatima bei sich.

Während Fatima in ihren Gedanken versunken war, lag Aischa hellwach auf ihrem Lager: »Jetzt hat ihn Fatima zwischen den Armen. Diese Sandviper! Alles nur wegen der Nachkommen, und dabei gebiert sie nicht einen Sohn! Sie war ein Unglück für mich. Ein Unglück soll sie treffen.«

Aischa richtete ihren Kopf auf. Ihre Augen funkelten: »Ich werde meinem Vetter beistehen, wenn er eine andere Frau heiratet!«, schwor sie.

Die Nacht war lang für den Großvater und seine zwei Frauen. Alle fanden erst kurz vor der Morgenröte Schlaf. Aischa erwachte am nächsten Morgen als Erste. Sie heftete ihre Blicke auf das Zelt von Fatima. Erst spät verließ der Großvater das Zelt.

»Ich bin eine dumme Ziege! Ich zerbreche mir den Kopf um seine Nachkommen, und er verbringt die Nacht mit Fatima und liebkost sie!« Aischa ging auf das Männerzelt zu. Sie lugte durch ein Zeltloch und sah, wie ihr Vetter im Männerzelt alle viere von sich streckte.

»Er hat keine Kräfte mehr! Fatima hat ihn wie eine Zitrone ausgepresst!«, sprach Aischa bei sich. Sie biss sich auf die Unterlippe.

Als der Großvater in der nächsten Nacht Aischas Zelt aufsuchte, überschüttete ihn Aischa mit Vorwürfen. Das Blut kochte ihr in den Adern: »Es ist spät! Die Mondsichel steht über der hinteren Zeltbahn! Das tust du nur mir an. Und in Fatimas Nacht gehst du mit den Hühnern ins Bett!«

»Was ist los mit dir?«, erkundigte sich der Großvater.

»In meiner Nacht schwirren dir nur die Helden des Stammes durch den Kopf. Und in Fatimas Nacht? Ich habe dich heute gesehen, wie du erschöpft auf dem Teppich lagst. Bei Allah und bei allen Propheten, in meiner Nacht werden sich die Lider deiner Augen nicht schließen!«

»Wovon redest du?«, fragte der Großvater.

»Fatima hat dich gut im Griff. Ihre Schenkel halten dich fest. Und in meiner Nacht erzählst du von deinen Sorgen. Und deine Pfeife verqualmt mein Zelt!«

»Ich bin nicht gekommen, um zu schlafen!«, wehrte sich der Großvater. Aber Aischa unterbrach ihn: »Wenn du keine Gerechtigkeit walten lässt, werde ich ins Zelt meines Vaters zurückkehren. Ich bin nicht deine Mutter! Bei ihr kannst du deine Sorgen abladen!«, zürnte Aischa.

»Nein, meine Cousine! Ich schwöre dir bei der Seele unseres Stammesahns: Ich habe bei Fatima nur geschlafen und nicht mehr!«, verteidigte sich der Großvater.

»Das stimmt nicht! Ich habe heute gesehen, wie ihr Gesicht strahlte. Sie hängte die Wäsche über das Zeltseil!«

»Sie wollte dich nur ärgern!«, vermutete der Großvater.

»Mich ärgern?« Aischa lächelte.

So schwor der Großvater bei allen heiligen Gräbern, die Waage der Gerechtigkeit in der Mitte zu halten. Und er versprach Aischa den feinsten und teuersten Stoff, den er auf dem Bazar finden würde. Aber Aischa war nicht zu besänftigen: »Heute Nacht wirst du kein Auge zutun, mein Augapfel! Ausruhen kannst du morgen im Männerzelt!«

In der nächsten Nacht erzählte der Großvater Fatima von seinem Vorhaben, eine dritte Frau zu heiraten. Die ruhige Fatima wurde plötzlich stürmisch: »Es reicht mir, wenn du zwischen Aischas und meinem Zelt pendelst. Mit zwei Frauen verlässt du das Männerzelt nach Mitternacht. Wenn du noch eine dritte heiratest, erreichst du mein Zelt, wenn der Hahn kräht!« Ihre Augen füllten sich mit Tränen. »Meine Mutter hatte recht. Sie hatte Bedenken, weil du schon eine Frau hattest. Und jetzt willst du noch eine? Verflucht sei Zainab! Sie hat meiner Mutter den Kopf verdreht.«

»Beruhige dich, Fatima! Männer können mehrere Frauen heiraten. Jede Frau bekommt ihr Recht. Keine wird benachteiligt oder vernachlässigt«, sprach der Großvater in ernstem Ton. Als der Hahn seinen Hals aus dem Hühnerhaus herausstreckte, um den Anbruch des neuen Tages anzukündigen, sagte Fatima: »Der Hahn kräht! Die Nacht trennt sich allmählich vom Tag. An den Hahn werde ich mich gewöhnen müssen!«

Nach geraumer Zeit erhob sich der Großvater und verließ das Zelt. Schon von Weitem hörte er die regelmäßigen Töne des Mörsers im Scheichzelt, der die gerösteten Kaffeebohnen stampfte. Der Großvater füllte seinen Umhang mit Kameläpfeln für die Feuerstelle im Männerzelt. Er freute sich auf das erste Morgenschälchen.

Geschart um die Feuerstelle, saßen die Männer des Stammes, um Kaffee zu trinken. Der Großvater nahm die Schnabelkanne und schenkte Kaffee aus. Qualm breitete sich aus.

»Der Kaffee! Der Kaffee! Du begießt die Feuerstelle! Vorsicht!«, riefen die Männer. Qualm stieg hoch. Einige begannen zu husten.

Der Großvater errötete. Die Männer musterten ihn. Seine Augen waren so dick wie reife Feigen.

»Was ist heute los mit dir?«, erkundigte sich einer.

Der Großvater schwieg.

»Männer mit mehreren Frauen haben kurze Nächte!«, bemerkte der Stammeskadi verschmitzt.

Während der Großvater sich auf dem Teppich im Männerzelt ausstreckte, begab sich Aischa zu Fatima.

»Unser Mann will noch eine Frau heiraten! Wie denkst du darüber?«, fragte Aischa. Ihre Blicke hefteten sich forschend auf Fatimas Gesicht.

»Auf die Männer kann man sich nicht verlassen. Sie finden immer einen Grund, um noch eine Frau zu heiraten. Wenn die Frauen nur Töchter gebären, wollen sie Frauen, die Schnurrbärte zur Welt bringen. Und wenn die Söhne nicht so zahlreich wie eine Kamelherde sind, wollen sie noch mehr Frauen haben!« Fatima holte tief Luft. Dann fuhr sie fort: »Ich bin stolz auf meine Töchter. Ich würde sie nicht gegen Söhne eintauschen.«

Aischa wiegte ihren Kopf hin und her. Dann sagte

sie: »Lass ihn heiraten! Er ist wie der Esel, den man mit einem Sack belud. Er begann zu furzen. Und was sagte der Esel? Den zweiten Sack, bitte!« Fatima lachte.

»Manche Männer beneiden den Hahn. Er hat einen Stall voll Hennen. Er kann von einer Henne zur anderen springen!«, bemerkte Fatima.

»Aber wenn ein Hahn viele Hennen hat, bleiben viele Eier unbefruchtet!«, sagte Aischa.

»Wenn unser Mann sich das Leben eines Hahns wünscht, soll er heiraten. Schon mancher Hahn ist unversehens zu einem Hahnrei geworden!«, erwiderte Fatima.

Während die Frauen des Großvaters das Problem hin und her wälzten, ritt der Großvater auf seinem Kamel zu seinem alten Freund Abd-Allah. Der Freund empfing ihn und freute sich über den Besuch. »Seit du zwei Frauen hast, sieht man dich kaum! Hast du deinen alten Freund vergessen?«, erkundigte sich Abd-Allah.

»Du hast recht. Ich komme nicht zur Ruhe. Ich habe zwei Zelte, aber zum Schlafen komme ich nur im Männerzelt!«

»Mit drei Frauen hast du es besser!«, scherzte Abd-Allah.

»Vielleicht hast du recht!«, erwiderte der Großvater.

So verbrachte der Großvater den Tag bei seinem Freund. Sie unterhielten sich über dieses und jenes. Als der Großvater sich von Abd-Allah verabschiedete, flüsterte dieser ihm ins Ohr: »Wenn du willst, werde ich mit meinem Bruder über seine Tochter Turfa sprechen.«

Der Großvater nickte.

Als der Großvater aus dem Nachbarzeltlager zurückkam, empfing ihn Fatima vor dem Zelt mit den Worten: »Der Besuch bei deinem Freund hat lange gedauert. Offenbar habt ihr viel zu besprechen!«

»Du kennst doch Abd-Allah und seine alten Geschichten«, wiegelte der Großvater ab. Doch Fatima gab sich damit nicht zufrieden: »Und du? Welche Geschichte hast du erzählt?«

»Ich habe nur zugehört!«, erwiderte der Großvater und wandte sich zum Gehen.

»Dieser Besuch bei Abd-Allah kommt mir merkwürdig vor. Ich habe dabei kein gutes Gefühl!«, schaltete sich Aischa ein, die gerade aus ihrem Zelt trat.

»Ich verstehe nicht, wovon ihr redet!«, sagte der Großvater mit ärgerlicher Stimme.

»Ich glaube, du suchst beim Nachbarstamm eine Mutter für deine Söhne? Ist es nicht so? Abd-Allahs Bruder hat viele Töchter. Er ist froh über jedes Brautkamel, das sie holt!«, spottete Aischa.

»Du denkst an seine Tochter Turfa!«, sagte der Großvater.

»Ja, die meine ich!«, zürnte Fatima.

»Wir haben nur beiläufig über Turfa gesprochen. Er hat mir kein festes Wort gegeben!«

»Als ich dich mit dem Seidengewand weggehen sah, ahnte ich Schlimmes!«, schluchzte Fatima. Mit dem weiten Ärmel ihres Kleides wischte sie die Tränen aus dem Gesicht: »Ich war damals ein Unglück für Aischa. Turfa wird mein Unglück sein!«

»Ich werde immer gerecht zu euch sein. Jede bekommt ihre Nacht!«

Aischa ergriff Fatimas Schulter: »Zeig keine Schwäche! Mach dein Herz hart!« Fatima nickte.

Der Großvater ließ die beiden Frauen stehen und begab sich zum Zelt seiner Mutter. Er setzte sich neben sie an die Feuerstelle. Und sie schenkte ihm drei Schälchen Kaffee ein. Als er das dritte Schälchen ausgetrunken hatte, blickte die Mutter ihrem Sohn in die Augen. »Was bedrückt meinen Gast?«

»Ich war bei Abd-Allah. Er wird mit seinem Bruder über Turfa sprechen!«

Die Alte strahlte. »Das ist doch eine gute Nachricht. Warum ist dein Gesicht so bleich?«

»In meinen Zelten ist die Hölle los. Ich finde keine Ruhe!«

Die Alte lächelte: »Du tust gerade so, als wärst du der erste Mann, der mehrere Frauen heiratet. Du wirst dich daran gewöhnen.« Sie schlürfte ihr Kaffeeschälchen. »Ich gewähre dem Gast Schutz! Du kannst heute in meinem Zelt übernachten!« Er küsste seine Mutter auf die Stirn. Sie fasste ihn an der Hand: »Ich erzähle dir die Geschichte von dem Scheich mit den vierzig Frauen!«

Während die Mutter ihrem Sohn Geschichte um Geschichte erzählte, begab sich Abd-Allah in das Zelt seines Bruders. Bevor er noch die erste Zigarette geschmaucht hatte, sagte er: »Heute habe ich Besuch aus dem Nachbarzeltlager bekommen!«

»Ich habe es wohl gesehen!«, nickte der Bruder. »Was wollte dein Gast?«

»Der Gast sucht unsere Nähe!«, erwiderte Abd-Allah. »Meine Nichte Turfa hat das Heiratsalter erreicht, sie hat genug Ziegen zur Weide geführt!«

Der ältere Bruder folgte den Worten aufmerksam. Mit der großen Zange schob er die glühenden Kamelbällchen unter die Kaffeekanne. »Turfa?« Er wiegte seinen Kopf hin und her. »Meine Tochter kann sich mit der Schönheit von Aischa und Fatima nicht messen!«

»Sallam sucht keine Schönheit! Er sucht eine Mutter für seine Söhne!«, gab Abd-Allah zur Antwort.

»Ich verstehe!« Der Bruder nickte. Er nahm einen Zug aus seiner Zigarette und fuhr fort: »Du bist ihr Onkel! Turfa ist wie deine Tochter. Was du für richtig hältst, dem stimme ich zu.«

»Deine Frau soll mit Turfa sprechen«, bat Abd-Allah. »Ich werde mit meiner Frau darüber reden!«, versprach der Vater.

Drei Tage verstrichen. Dann erschien ein Kamelreiter am Horizont. Er überbrachte die Nachricht, dass Turfas Sippe in Brautverhandlungen eintreten wolle. Der Großvater und Männer aus dem Zeltlager begaben sich am Tag darauf zum Nachbarstamm. Im Scheichzelt wurden die Gäste empfangen. Spät in der Nacht am Lagerfeuer kam man auf die Brautgabe zu sprechen.

»Was wünscht ihr als Brautgabe für eure Tochter?«, erkundigte sich ein Mann unserer Sippe.

»Unsere Herden sind groß. Viele Beutel voll Münzen liegen im Bauch der Erde«, erwiderte Turfas Vater.

»Aber Brautgabe sollst du für deine Tochter bekommen!«, sagte der Großvater.

Der Brautvater strich sich über das Kinn. Dann zwirbelte er seinen Schnurrbart. »Ich will Land als Brautgabe für die Hirtin meiner Ziegen.«

»Land? Land?«, erkundigte sich ein Mann unseres Stammes.

»Ja, ich gebe meine Tochter nur gegen Land!«, wiederholte der Vater.

»Kamele willst du nicht? Münzen willst du auch nicht!«, erstaunte sich ein anderer.

Der Großvater blickte ihn an: »Welches Land willst du?«

»Ich will das Stück Land neben der Schlucht«, erwiderte der Vater.

»Land, Land! Alle wollen Land!«, ereiferte sich ein alter Beduine. »Die Türken wollen Land, die Engländer wollen Land!« Er holte tief Luft. »Die Juden suchen Land. Tagtäglich bringen die Schiffe des Meeres Juden ins Land. Und die Väter wollen auch Land! Unser Land vermehrt sich doch nicht wie eine Ziegenherde. Was sind das für schlechte Zeiten: Die Kamele, die Schiffe der Wüste, werden nicht als Brautgabe genommen!«

»Wer kein Land hat, muss in seine Hand scheißen!«, bemerkte ein Greis.

»Land ist wichtig!«, sagte der Bodenrichter. »Der Beduine trägt sein Schwert für zwei Dinge: um sein Land und die Ehre seiner Frau zu schützen!«

Nach langen, harten Verhandlungen einigten sich die Sippen über die Brautgabe. Das fruchtbare Stück Land bei der Schlucht war die Brautgabe für Turfa. Und so wurde Turfa die dritte Frau des Großvaters.

Turfa war klein. Sie reichte dem Großvater gerade bis zu den Schultern. Schon beim Absteigen vom Brautkamel, als ihr die Schwiegermutter die Hand reichte, tuschelten hinter ihrem Rücken die beiden Frauen. »Die Braut ist klein!«, flüsterte Aischa Fatima ins Ohr. »Wenn ein Ei von ihrem Hintern runterfällt, zerbricht es nicht!«

»Die Brautgabe war teuer. Das beste Stück Land hat ihr Vater verlangt. Nun bin ich gespannt auf ihre tapferen Söhne!«, erwiderte Fatima. Ein Hauch von Trauer huschte über ihr Gesicht.

Nachdem die Hochzeitsfeierlichkeiten vorüber waren, blieb Turfa in ihrem Zelt. Und nach den drei Hochzeitsnächten kehrte der Alltag wieder ein.

Der Großvater besuchte jede Nacht eine seiner Frauen. Immer der Reihe nach.

Die kleine Turfa war fleißig. Sie machte sich gleich daran, ihr Zelt wohnlich einzurichten. Die bunten Teppiche, die ihre Mutter ihr gewoben hatte, wurden ausgerollt.

In der Zeltecke stapelten sich Matratzen und Kissen. Turfa war eine hervorragende Stickerin. Ihre Kissen waren verziert mit roten und blauen Blumenranken, bunt gefiederten Vögeln und langen Kamelkarawanen. In der Mitte ihres Zeltes machte sie eine kleine Vertiefung für die Feuerstelle, befestigte den Rand mit Steinen, und bald loderten die ersten Flammen empor. Im Rücken des Zeltes hob sie eine Grube aus, so tief, dass der große Wasserkrug darin bis zum Hals Platz fand. So hatte sie auch in den heißen Sommertagen immer kühles Wasser.

Unweit der Feuerstelle versteckte sie ihren Hochzeitsschmuck bis auf einen goldenen Nasenring, den sie immerzu trug und auch beim Schlafen nie ablegte.

Turfas Zelt war sauber. Sie war sehr sparsam und gab ihre Sachen ungern aus der Hand. Sie war freundlich, doch zurückhaltend. Turfa hielt sich gerne in ihrem Zelt auf und verließ es nur, wenn es einen triftigen Anlass gab.

Die beiden anderen Frauen besuchten Turfa von Zeit zu Zeit in ihrem Zelt. Aufmerksam beobachteten sie die neue Frau des Großvaters. Eines Tages sagte Aischa zu Fatima: »Die Kleine geht in die Breite! Sie ist kugelrund geworden!«

»Kugelrund? Sie gleicht einer Linse. Man kann den Rücken nicht vom Vorderteil unterscheiden!«, spottete Fatima.

»Sie ist bestimmt schwanger! Ihre Fußabdrücke im Sand sind tief geworden!« Aischa legte ihr Kinn in die Hand und schaute in die Ferne. Über die Sandhügel am Horizont breitete sich der erste Schatten der Dämmerung. Und von Weitem hörte man das Bellen der Hunde, die die Herden ins Zeltlager zurücktrieben. Die Zicklein und Lämmer hatten Mühe, ihren Müttern zu folgen.

Fatima wandte sich an Aischa: »Ich platze vor Neugier! Was Turfa wohl in ihrem Bauch trägt?«

Aischa hob ihren Kopf: »Die Zeit wird erweisen, ob sie ihre Brautgabe wert war!«

Die Monate der Schwangerschaft vergingen wie im Flug. Und Turfas Bauch wurde rund wie eine Wassermelone. Als die Stunde der Geburt nahe rückte, suchte der Großvater ein Heiligengrab nach dem anderen auf. Als Turfa zur Zeltstange griff, holte der Großvater die Hebamme.

»Wird dieses Mal mein Stammbaum einen neuen Spross erhalten?«, seufzte er.

»Geduld ist weise!«, erwiderte die Alte. »Diese Dinge liegen nicht in meiner Hand. Allah ist barmherzig!«

Während Turfa ihre Hände um die Zeltstange krallte, saß der Großvater im Männerzelt und goss ein Schälchen Kaffee nach dem anderen in sich hinein.

»Die Schnabelkanne ist bald leer, und deine Hände zittern«, wandte sich ein Nachbar an den Großvater. Dieser erhob sich und verließ wortlos das Zelt. Eiligen Schrittes suchte er das Grab des Stammesahns auf. Am Grab löste er seinen Gürtel, und mit erhobenen Händen sprach er: »Turfa ist meine dritte Frau! Oh, mein Stammesahn, segne diese Niederkunft!« Diese Worte wiederholte er dreimal. Dann rieb er mit den Händen über sein Gesicht und gürtete sein Gewand. Schweren Schrittes machte er sich auf den Rückweg zum Zeltlager.

Als er von Weitem ein Trällern vernahm, stockte sein Herz. Dann sprang er wie ein junges Kamel. Atemlos erreichte er Turfas Zelt. Die alte Hebamme empfing ihn: »Walad, ein Sohn! Gesegnet sei deine Nachkommenschaft!«

Der Großvater umarmte die Alte und küsste sie reichlich auf beide Wangen. Tränen der Rührung standen in seinen Augen. »Deine Botschaft erfreut mein Herz! Allah möge dir ein langes Leben schenken. Der beste und teuerste Umhang aus dem Bazar von Gaza ist gerade gut genug für dich. Allah und der Prophet seien meine Zeugen!«

Zusammen mit der Hebamme betrat er Turfas Zelt. Turfa übergab ihrem Mann das geschnürte Bündel. Der Großvater drückte das Neugeborene an seine Brust: »Der Gast sei willkommen!« Er drehte eine Runde im Zelt mit seinem Sohn. Dann gab er ihn seiner Mutter zurück.

»Allah möge deine Tage verlängern! Oh, Mutter meines Sohnes!«, wandte er sich an die Wöchnerin. Er drückte ihr die Hand. »Mein Dank ist dir gewiss!«

Ein Hauch von Freude strich über Turfas Gesicht. Der Großvater verließ das Zelt.

Stolz erhobenen Hauptes schritt er zum Männerzelt. »Mabruk! Mabruk! Sei gesegnet!«, beglückwünschten ihn die Männer. Der Großvater ließ sich in der Runde nieder und genoss sein Kaffeeschälchen. Ein alter Mann wandte sich an ihn: »Jetzt, wo du einen Sohn hast, bist du nicht mehr Abu el-banat, Vater der Töchter!« Der Großvater nickte zufrieden.

Um die Geburt seines Erstgeborenen zu feiern, wählte der Großvater das beste Schaf seiner Herde aus. Auf dem Grab des Stammesahns wurde das Tier geschlachtet. Zahlreiche Leute aus benachbarten Zeltlagern fanden sich an diesem Abend ein, um das Festmahl zu genießen. Die zartesten Fleischstücke waren der Wöchnerin vorbehalten, die voller Stolz ihren Sohn in den Armen hielt. Ihr Zelt war voll von Besucherinnen, die das Neugeborene neugierig musterten.

Nachdem man im Männerzelt gespeist hatte, wandte

sich der Scheich an den Großvater: »Der Beduine ist frei, seinem Sohn einen Namen zu geben und den Platz seines Zeltes zu bestimmen. Wie willst du deinen Sohn nennen?«

Der Großvater räusperte sich: »Ich nenne meinen Sohn Mohammed. Er soll den Namen seines Großvaters tragen!«

Der Stammesälteste nickte: »Der Name des Propheten ist ein ehrenwerter Name.«

»Der Großvater des Neugeborenen war ein tapferer Mann. Ich habe ihn in manchen Versen besungen«, fügte der Stammesdichter hinzu.

Die Anwesenden hoben ihre Hände und sprachen die eröffnende Sure des Korans. »Spiel eine Weise für Abu Mohammed, den Vater von Mohammed!«, bat der Scheich den Dichter.

Dieser griff zu seiner Rababa und begann zu spielen. Die Töne, die er seinem Instrument entlockte, riefen alte Erinnerungen wach in der Männerrunde. Auf der Glut röstete man Kaffeebohnen, und bald hallte das Stampfen des Kaffeemörsers in der Ferne wider. Weitere Gäste aus den benachbarten Zeltlagern wurden angelockt und gesellten sich zu der Runde. Die Feierlichkeiten erstreckten sich bis zur Morgenröte.

So vergingen die Tage.

Am vierzigsten Tag nahm die Wöchnerin eine rituelle Waschung vor. Sie zog ihr rot besticktes Kleid an, schminkte ihre Augen mit Kajal und legte reichlich Goldschmuck an. Dann schmückte sie auch die Augen des Kindes mit Kajal und schnürte ein frisches Bündel. Turfa warf Weihrauchkörnchen in die Glut, und bald quollen die ersten Rauchschwaden durch den Zelteingang ins Freie. Eine große blaue Perle schmückte den Hals des Kindes, um es vor dem Auge des Neides zu schützen. Turfa ließ sich mit ihrem Sohn auf einem Teppich vor dem Zelt nieder. Sie schaukelte den Kleinen: »O mein kleiner Löwe! Deine Tapferkeit wird keine Grenzen kennen. Allein wirst du den Raubzug abwehren. O mein Augapfel!«, sang sie mit lauter Stimme.

Aischa und Fatima, die den Gesang hörten, näherten sich Turfas Zelt. »Deine Stimme ist sehr laut!«, sagte Aischa zu Turfa. »Meinst du, dein Sohn sei der einzige Mann im Zeltlager?«

»Es gibt viele tapfere Männer im Stamm!«, pflichtete ihr Fatima bei.

»Mein Sohn wird der tapferste von allen sein! Einen wie ihn hat noch keine Frau geboren. Schaut euch seine schwarzen Leopardenaugen an. Sie sind voll Mut und Tapferkeit!«

»Dein Sohn, dieser Winzling? Er wird mit zwanzig Jahren noch keinen Wassersack heben können!«, lästerte Fatima.

»Der Neid frisst eure Knochen! Die eine gebiert nur Mädchen und die andere überhaupt nicht!« Turfa verzog spöttisch ihren Mund. »Ich habe euch flüstern hören, als ich vom Brautkamel stieg. Ich bin klein! Aber Fruchtbarkeit und Segen liegen in der Erde und nicht im Himmel!«

Dieser laute Wortwechsel erreichte das Männerzelt. Der Großvater kam gerannt: »Was ist los? Warum ist es so laut hier?«

»Deine Frauen platzen vor Neid!«, entgegnete Turfa. »Mein Sohn ist ihnen ein Sandkorn im Auge.«

»Mohammed gehört uns allen. Meinen Frauen, mir und dem Stamm!«, sagte der Großvater.

»Aber ich bin die Mutter!«, beharrte Turfa.

»O Turfa! Mutter des Gewandscheißers!« Fatima schüttelte sich vor Lachen.

»Ich bin die Mutter von Mohammed! Ich verbiete dir, meinen Sohn Gewandscheißer zu nennen«, zürnte Turfa.

»Dieser Gewandscheißer soll einen Raubzug abwehren?« Aischa prustete vor Lachen. Sie wandte sich um und verließ wiegenden Schrittes das Zelt. Fatima folgte ihr.

»Alle großen Männer scheißen in ihr Gewand, wenn sie klein sind!«, beschwichtigte der Großvater Turfa. »Wenn er groß ist, wird er uns alle Ehre machen!« Der Großvater küsste den Kleinen auf die Stirn. Dann kehrte er gemessenen Schrittes ins Männerzelt zurück.

»Streiten sich deine Frauen? Ist es in deinen Zelten bewölkt?«, erkundigte sich der Kadi und musterte den Großvater forschend. Dieser entgegnete: »Die Wolken sind vorbeigezogen. Eine Kleinigkeit nur … Fatima nennt den Sohn Gewandscheißer!«

Der Kadi prustete. »Habt ihr gehört? Sie nennen Mohammed Gewandscheißer!« Die Runde lachte. »So einen schönen Namen hatten wir noch nie in unserem Stammbaum.«

Und so bekam Mohammed den Beinamen Gewandscheißer.

Kurze Zeit später starb die Mutter des Großvaters. Seit der dritten Heirat ihres Sohnes hatte sie kaum noch das Zelt verlassen. Ihre Sehkraft hatte nachgelassen, und sie war schwerhörig geworden. Ihre Schwiegertöchter gingen ihr bei der Zeltarbeit zur Hand. Ohne dass sie jemals über Schmerzen geklagt hatte, fand man sie eines Morgens leblos auf ihrem Lager.

Die Trauer im Zeltlager war groß. Als der Großvater am Grab seiner Mutter die Tränen nicht unterdrücken konnte, legte ihm der Derwisch den Arm um die Schulter: »Die Mutter ist teuer. Doch nach diesen langen Jahren hat sie ihre Ruhe verdient.«

Und der Scheich tröstete ihn: »Das ist der Lauf der Dinge. Wenigstens hat sich ihr größter Wunsch erfüllt. Sie hat ihren Enkel gesehen!«

Der Großvater schwieg. Bis ans Ende seiner Tage

vergaß er nie, an den Feiertagen das Grab seiner Mutter zu besuchen.

Die Jahre vergingen. Turfa gebar drei Söhne und eine Tochter. Es war Frühling. Während des Winters hatte es reichlich geregnet, und die Herden gediehen prächtig. Das Korn schoss in die Höhe. Wenn der Frühlingswind über die Getreidefelder strich wie ein Kamm über das seidene Haar, wogten die Ähren. Und die jungen Kamele taten sich gütlich an frischen, jungen Artischockenherzen. Bisweilen stapften sie bei ihrer Suche in die Kornfelder. Vom Zeltlager aus sah man in der Ferne auf den Hügeln das Feuer der Hirten lodern. Die Euter der Schafe und Ziegen waren prall, und es gab Milch in Hülle und Fülle.

In der Frühlingszeit gab es viel zu tun für die Frauen. Morgens und abends wurden die Herden gemolken. Über Zeltstangen vor den Zelten hingen die prall gefüllten Ziegenfelle mit Milch. Während die Herden den Tag über auf der Weide waren und saftige Kräuter und Gräser fraßen, machten sich die Frauen an die Arbeit. Sie schüttelten die Milchfelle, bis sich die Butter von der Sauermilch trennte. Ab und zu fasste man in die Felle, um die Butter abzuschöpfen. Der Duft der frischen Butter mischte sich mit dem des frischen Ziegenkäses, der auf großen Tabletts auf den Zeltdächern lagerte.

Der Frühling war auch die Zeit der frischen Kräuter. Wie grüne Teppiche bedeckten sie den Boden des Zeltlagers. In kleinen Grüppchen sammelten die Frauen am späten Nachmittag, bevor die Herden ins Stammeslager zurückkehrten, die saftigen Spitzen der Kräuter. Und in den Zelten dampfte bald eine köstliche Suppe, die man mit frischem Fladenbrot genoss. Auch die Hühner spazierten gerne durch das frische Grün, das bisweilen so hoch stand, dass man nur noch die roten Kämme durchblitzen sah. Gerne legten die Hühner ihre Eier ins Freie anstatt in die Zeltwinkel.

Eines Tages, beim Spielen zwischen den Zelten, entdeckte Gewandscheißer ein frisches Gelege. Er packte die Eier in sein Gewand und lief zu seiner Mutter. Fatima, die ihn beobachtet hatte, hielt ihn an: »Gewandscheißer! Woher hast du die Eier?«

»Ich habe sie gefunden. Da, wo die Hühner spazieren gehen!«, erwiderte das Kind.

»Die Eier sind von meinem Huhn. Gib die Eier her!«, forderte ihn Fatima auf. Doch Gewandscheißer schoss wie ein Pfeil in das Zelt seiner Mutter. Fatima folgte ihm. »Die Eier sind von meinem Huhn!«, rief sie.

»Nein, das Gelege ist von meinem Huhn!«, entgegnete Turfa.

»Seit wann geht dein Huhn fremd?«, zürnte Fatima.

»Die Eier gehören mir«, beharrte Turfa. Es wurde laut. »Mein Huhn! Fremd! Huhn! Eier! Huhn! Fremd!«, hallten die Worte wider.

Die Männer im Scheichzelt weckten den Großvater: »Aufstehen! Es gibt Streit bei dir!«

Der Großvater rannte aus dem Zelt wie von einem Skorpion gestochen. Beinahe wäre er über ein Zeltseil gestolpert. »Was ist denn los mit den Eiern und dem Huhn?«, erkundigte er sich bei seinen Frauen. Er rieb sich den Schlaf aus den Augen.

»Gewandscheißer hat zwischen den Kräutern ein frisches Gelege entdeckt. Er brachte seiner Mutter die Eier. Aber die Eier gehören mir«, klagte Fatima.

»Nein! Mein Huhn hat die Eier gelegt!«, schwor Turfa.

»Wessen Huhn geht fremd?«, wollte der Großvater wissen.

»Mein Huhn!«, erwiderte Fatima.

»Nein! Mein Huhn!«, schrie Turfa.

»Ruhe! Alle Hühner gehen fremd!«, entschied der Großvater. »Mit der Zeit wird es den Hühnern langweilig, im Zelt Eier zu legen!«

Fatima legte die Stirn in Falten. Sie schaute ihrem Mann in die Augen: »Wo hast du gestern geschlafen? Ich war an der Reihe!«, wollte sie wissen.

Der Großvater errötete. »Wir wollen erst das Problem mit den Eiern lösen. Ich habe gestern vergessen zu schlafen!«, sagte der Großvater verwirrt.

»Vergessen? Wo hast du die Nacht verbracht?«, beharrte Fatima auf ihrer Frage.

»Ich habe die Nacht im Männerzelt verbracht«, gab der Großvater zur Antwort.

Während der Großvater sich bemühte, die Wogen zu

glätten, rief eine Stimme: »Die Engländer! Die Soldaten kommen! Versteckt das Salz!«

Die Frauen ließen alles stehen und liegen und huschten in ihre Zelte. Unter den aufgestapelten Teppichen gruben sie mit den Zeltpflöcken kleine Verstecke, in die sie die Salzbeutel legten.

Nach einer Weile erreichte ein Trupp Soldaten das Zeltlager. Sie durchkämmten Zelt um Zelt auf der Suche nach Salz. Doch sie wurden nicht fündig.

Meine kleinen Löwen! Die Geschichte mit dem Salz ist lang. Die Engländer hatten uns nämlich den Salzhandel verboten. Sie wollten uns zwingen, ihr teures Salz zu kaufen. Fanden die Engländer in einem Zelt Salz, das nicht von ihnen stammte, musste der Zeltbewohner eine Strafe entrichten. Und wenn die Soldaten einen Salzhändler erwischten, beschlagnahmten sie das Kamel samt der Ladung. Und manchmal setzten sie den Salzhändler sogar im Kerker fest.

Als die Soldaten kein Salz in unserem Stammeslager fanden, wurden sie zornig. Die blauen Augen des Offiziers funkelten: »Esst ihr ohne Salz? Seid ihr alle krank?«

»Wir mögen kein Salz!«, erwiderte ein Greis.

»Ich glaube dir nicht!«, zürnte der Offizier. »Eines Tages werde ich die Löcher entdecken, in denen das Salz versteckt ist. Das verspreche ich euch. Dann müsst ihr viele Münzen bezahlen.«

Wir nannten jenes Jahr das Salzjahr. Und das, meine kleinen Löwen, war die Geschichte von Turfa, der dritten Frau des Großvaters. Allah und der Stammesahn mögen uns vor Soldaten schützen. Es ist spät geworden. Die Mondsichel steht über dem fernen Hügel!

Lasst uns jetzt schlafen.

Chaula

Die Kamelbällchen brannten. Auf dem Feuer brodelte ein Topf mit süßem Tee. Die Schnabelkanne mit dem gewürzten Kaffee stand am Rand der Feuerstelle. Meine Mutter nahm ihren Tabaksbeutel zur Hand und drehte sich eine dicke Zigarette, damit sie nicht gleich die nächste drehen musste. Mit der kleinen Zange fischte sie ein glühendes Kamelbällchen aus dem Feuer und zündete damit ihre Zigarette an. Sie nahm einen tiefen Zug. Bald stiegen Rauchwolken zum Zeltdach. Die Mutter goss sich aus der Schnabelkanne ein Kaffeeschälchen ein. Dann fing sie an zu erzählen.

»Heute, meine kleinen Löwen, erzähle ich euch eine weitere Geschichte. Wie versprochen.« Sie hielt kurz inne: »Könnt ihr mir helfen? Wo sind wir stehen geblieben?«

»Die vierte Frau ist an der Reihe! Die vierte!«, riefen wir. Die Mutter lächelte. »Das ist richtig. Heute Abend erzähle ich euch die Geschichte von Chaula, der vierten Frau des Großvaters!«

Der glutheiße Sommer ging zu Ende, und die Zeit der Feldbestellung rückte näher. Das Wasser in den Brunnen und Zisternen wurde knapp. Manche Zisternen waren bereits ausgetrocknet. Die Hitze lastete auf den Zelten. Voll Ungeduld erwarteten die Stammesbewohner den Wechsel der Jahreszeit.

Nach Sonnenuntergang, wenn die Abendbrise leichte Kühlung brachte, saßen die Männer im Scheichzelt und sprachen über die Aussichten auf Regen im kommenden Winter. Der Stammesälteste ergriff das Wort: »Heute Nacht ist Lailat al-salib, die Kreuznacht! Lasst uns die Gelegenheit nutzen! Die Salzhäufchen werden die Aussicht auf Regen anzeigen!«

Der Stammesälteste nahm das große, runde Kaffeetablett und putzte es blank. Ein anderer holte einen Beutel voll Salz. Auf das Tablett wurden sechs Salzhäufchen getürmt, für jeden Regenmonat eines. Das Tablett samt den Häufchen stellte man die Nacht über auf das Zeltdach des Männerzeltes. Mit Spannung harrte man auf den Ausgang der Kreuznacht.

Am frühen Morgen versammelten sich die Bewohner des Zeltlagers. Alle Augen waren auf das Zeltdach gerichtet. Vorsichtig ergriff der Scheich das Tablett. Der Kadi musterte die Salzhäufchen. Seine Augen weiteten sich: »Dürre! Ein männliches Jahr! Seht ihr nicht, dass vier der Häufchen ganz trocken sind?«

»Die anderen zwei Häufchen sind feucht«, bemerkte

der Stammesälteste. »Das Salz ist ein wenig geschmolzen! Vier Monate regenlos! Und zwei bringen Regen, aber auch nicht viel!«

Der Scheich wiegte bedenklich sein Haupt: »Hoffentlich füllt der Regen wenigstens die Zisternen!« Sorge verbreitete sich im Zeltlager.

Der Ausgang der Kreuznacht war ein unerschöpfliches Thema. Die Männer berieten, was zu tun sei. Die meisten sahen keinen Sinn darin, die Felder zu bestellen. Nur wenige wollten einen Versuch wagen.

Sie suchten in den Zeltwinkeln nach den Scharpflügen. Die Kamele wurden angeschirrt, und als die Saat ausgestreut war, wendeten die Scharpflüge das Gesicht der Erde. Den Scharpflug zu ziehen, war keine leichte Arbeit für die Kamele. Sie mussten angetrieben werden. Die Männer arbeiteten von Sonnenaufgang bis Sonnenuntergang. Ihre Hände, die den Scharpflug in den Bauch der Erde drückten, waren voll Schwielen. Abends rieben sie ihre Hände mit Henna ein.

Besonders die jungen Kamele mochten sich nicht anschirren lassen. Es dauerte Tage, bis ein junges Kamel angewöhnt war. Eines Morgens schirrte ein alter Mann sein junges Kamel an. Er drückte den Scharpflug tief in die Erde. Das junge Tier begann lauthals zu schreien.

»Wirst du wohl ruhig sein«, schimpfte der Alte und gab ihm einen kräftigen Hieb auf den Hintern. Das Kamel wurde wild. Mitsamt dem Scharpflug rannte es auf und davon und ließ den alten Mann in einer Staubwolke zurück. Fluchend humpelte der Alte ins Scheichzelt zurück.

»Komm, setz dich!«, lud ihn der Scheich ein. »Ich habe gerade Kaffeebohnen geröstet. Vielleicht hat das junge Kamel recht …!«

Das schlechte Omen der Kreuznacht sollte sich bestätigen. In den ersten zwei Wintermonaten regnete es spärlich. Das Saatgut spross, und ein erstes Grün bedeckte das Gesicht der Erde. Als die Ähren nadelhoch standen, blieb der Regen aus. Die Ähren verdursteten. Die Erdkrume wurde rissig wie das Antlitz eines Greises. Der Wind fegte den Boden. Nackt und bloß lagen die Steinbrocken. Dürre herrschte. Das Wasser in den Zisternen wurde brackig. Um die Wassersäcke zu füllen, ließ man Kinder an einem Seil in die Tiefe. Manche Kinder hatten Angst, in die dunklen Zisternen hinabzusteigen, denn manche Zisterne ist von einem Dschinn, einem Dämon, bewohnt. Doch andererseits lockten auch die Taubennester in den Zisternen.

In den Schlupfwinkeln suchten die Kinder nach Taubeneiern; manchmal brachten sie auch kleine Küken mit.

Die Trockenheit nahm kein Ende. Zahllose Tiere verendeten. Die Not war groß. Die Männer saßen Abend für Abend im Scheichzelt und berieten sich.

»Ich bin ein Greis! Doch solch eine Dürre habe ich nie erlebt«, sagte ein alter Beduine.

Der Kadi nickte: »Ich habe euch doch gesagt, dass das Jahr ein männliches Jahr ist!«

»Die ganze Feldarbeit war umsonst! Tagelang habe ich den Scharpflug in den Bauch der Erde gedrückt. Meine Hände wurden rissig wie die dürstende Erde. Alles umsonst!«, klagte ein Mann.

»Du hättest den Zeichen der Kreuznacht vertrauen sollen«, erinnerte ihn ein anderer. »Ich habe das Saatgut meinem alten Kamel verfüttert!«

Bei allen Stämmen herrschte Dürre. »Früher kam uns in solchen Zeiten der Salzhandel zugute. Wir tauschten Salz vom Toten Meer und vom Sinai gegen Getreide. Wir brachten das Salz nach Bethlehem, Hebron, Lod, Jaffa, Gaza und in viele andere Orte. Diese blauäugigen Engländer haben uns das verboten!«, schimpfte ein alter Salzhändler.

»Klagen erweckt die Toten nicht!«, sprach der Scheich. »Das Wetter ist launisch. Dieses Jahr ging der Regen im Land der Fellachen nieder, und wir sitzen auf dem Trockenen. Die Kundschafter des Stammes sollen in den Dörfern nach Weide Ausschau halten.«

Die Männer stimmten dem Vorschlag des Scheichs zu.

Am nächsten Morgen sattelten drei Kundschafter ihre Kamele. Sie verabschiedeten sich von ihren Frauen und den Bewohnern des Zeltlagers und ritten nach Norden.

Während die Kundschafter auf der Suche nach Weide waren, erkrankte in unserem Zeltlager ein Mann. Es war der Mann von Chaula, er hieß Chalil. Er gehörte der Sippe des Großvaters an. Er hatte so starke Schmerzen, dass er sich nicht mehr aufrichten konnte. Sein Leiden machte uns allen Sorgen. Chalil war ein großzügiger, ein tapferer Mann. In seiner Jugend, als er die Herde seines Vaters zur Weide führte, lernte er Chaula kennen. Sie stammte aus einem fremden Stamm. Chaula und Chalil verliebten sich ineinander. Als Chalils Sippe um Chaula warb, lehnte ihre Sippe das Ansinnen ab. Chaula sollte ihren Vetter heiraten.

Doch Chaula und ihre Mutter mochten den Vetter nicht. Und so half die Mutter ihrer Tochter, mit Chalil zu fliehen. Die Fliehenden fanden schließlich Schutz bei einem berühmten Scheich. Erst nach langen und zähen Verhandlungen gelang dem Scheich eine Vermittlung zwischen den Sippen. Chalils Sippe musste eine hohe Brautgabe entrichten. Zwar wurde der Streit geschlichtet, doch Chaulas Sippe mochte Chaula nicht verzeihen, dass sie einen fremden Mann ihrem Vetter vorgezogen hatte. Keiner ihrer Brüder besuchte sie jemals. Nur die Mutter kam hin und wieder in Chaulas Zelt. Und Chaula traute sich nie wieder in ihr altes Stammeslager. Sie wollte keine alten Wunden aufreißen.

Chalil und Chaula liebten einander. Nie hatte Chalil seine Hand gegen Chaula erhoben. Chalils Erkrankung traf Chaula wie ein Blitz aus heiterem Himmel. Tag und Nacht saß sie am Lager des Kranken.

Als seine Schmerzen immer größer wurden, sattelte der Großvater seine Stute, um einen berühmten Derwisch in einem weit entfernten Stamm aufzusuchen. Zwei Tage danach traf er mit dem Derwisch in unserem Zeltlager ein.

Der Derwisch trug ein schneeweißes Gewand. Sein schlohweißes Haupt schmückte ein bunter Turban. Man empfing den Alten in allen Ehren und geleitete ihn in Chalils Zelt. Der Derwisch betrachtete lange das Antlitz des Kranken. Die Perlen seiner langen Gebetskette glitten durch seine knöchernen Finger. Dann strich er mit den Händen über Chalils Gesicht.

»Facht ein Feuer aus neunundneunzig Kameläpfeln an!«, forderte der Derwisch die Umstehenden auf. Als das Feuer heruntergebrannt war, warf der Alte sieben Weihrauchkörnchen in die Glut. »Mein Sohn«, bat der Derwisch den Kranken, »lege dich auf den Bauch!«

Der Alte umkreiste den Liegenden mehrere Male. Weihrauchduft erfüllte das Zelt. Behutsam stellte sich der Derwisch auf den Rücken des Kranken und trat von einem Fuß auf den anderen. Dabei murmelte er unverständliche Worte.

Schweißperlen standen auf seiner Stirn, als er seine Füße wieder auf den Boden setzte. Bedenklich wiegte er sein Haupt: »Allah möge dem Kranken beistehen! Er ist von einer Dschinnin besessen. Ich befahl der Dämonin, den Kranken durch die Spitze seines kleinen Zehs zu verlassen. Doch sie weigerte sich. Sie schwor, sie werde nicht entweichen, bevor die Seele seinen Körper verlasse!«

Besorgt nahm Chaula den Derwisch beiseite. »Deine Worte brechen mir das Herz! Seit wann ist mein Mann von dieser Dämonin besessen?«

Der Alte ergriff Chaulas Hand: »O meine Tochter! Vor vierzig Tagen hat dein Mann am Abend eine Höhle betreten. Er hat weder Allah angerufen, noch hat er sich beim Eintritt in die Höhle entschuldigt. Die Dschinnin, die eine lange Reise hinter sich hatte und sich in dieser Höhle ausruhen wollte, fühlte sich von deinem Mann gestört. Da ist sie in ihn gefahren.«

Chaula schluchzte: »Gibt es keine Hoffnung?«

Der Derwisch holte aus einer Gürteltasche einen Stift, malte Zeichen auf ein Stückchen Papier und faltete dieses zu einem Dreieck: »Dieses Amulett wird die Schmerzen des Kranken lindern!«, sagte er zu Chaula. »Leben und Sterben liegen in Allahs Hand!«

Nach geraumer Zeit erhob sich der Alte, und mit einem letzten Blick auf den Kranken verließ er das Zelt.

Gebannt blickte Chaula auf das Amulett in ihrer Hand. »Du bist meine Hoffnung! Deine Kräfte mögen sich entfalten!« Sie schloss ihre Augen und drückte das Amulett gegen ihre Lippen. Zwischen den gestapelten Matratzen im Zeltwinkel suchte Chaula nach ihrem

Nähbeutel. Mit eiligen Stichen nähte sie für das Amulett eine Stoffhülle, an dessen Spitze sie eine Kordel befestigte.

Chalil lag indessen reglos auf dem Teppich. Chaula trat zu ihm. Behutsam hob sie seinen Kopf und legte ihm das Amulett um.

Am nächsten Tag saßen die Männer wie gewöhnlich im Scheichzelt und tranken ihren Morgenkaffee. Die Kinder spielten zwischen den Zelten. Und die Frauen waren mit der Zeltarbeit beschäftigt. Aischa, die Frau des Großvaters, kehrte die Ziegenperlen aus dem Zelt, um sie in der Sonne trocknen zu lassen. »Seit dieser verdammten Dürre werden die Ziegenperlen immer weniger und kleiner!«, murmelte Aischa. »Bald weiß ich nicht mehr, worauf ich mein Fladenbrot backen soll!« Sie nahm ein paar Hände voll Mehl und schüttelte aus dem Ziegenfell ein wenig Wasser in die Teigschüssel. Als sie Wasser und Mehl zu mischen begann, erblickte sie kleine Würmer in ihrer Hand.

»Das fehlt mir noch!«, schimpfte Aischa. »Das Wasser ist voll von Würmern.« Angewidert begann sie zu kneten. »Das wird ein Festessen für den faulen Hahn!«

Aischa nahm ihren Wasserkrug und begab sich zu Fatima. »Verflucht sei dieser Morgen!«

»Was bedrückt dich?«, erkundigte sich Fatima.

»Das Wasser in meinem Ziegenfell ist brackig, es ist voll Würmer!«

»Hier ist Wasser!«, bot ihr Fatima an. »Meine älteste Tochter hat dieses Wasser aus dem Abu-Mansur-Brunnen geholt.«

Aischa füllte ihren Wasserkrug. »Wo ist unser Mann?«, erkundigte sich Aischa.

»Er ist bei den Männern im Scheichzelt«, erwiderte Fatima. »Gestern war die Nacht von Turfa, und heute früh hab ich gesehen, wie er die toten Zicklein in die Schlucht schleppte.«

»Wird diese Dürre nie ein Ende nehmen?«, stöhnte Aischa.

Während sich die beiden Frauen des Großvaters unterhielten, schoss Gewandscheißer wie ein Pfeil am Zelteingang vorbei. »Reiter! Reiter!«, brüllte er.

Die Zeltbewohner ließen alles stehen und liegen und stürzten ins Freie. Die Staubwolke am Horizont kam näher. »Einer schwenkt ein weißes Tuch, ich sehe es genau!«, rief Fatima.

»Es müssen die Kundschafter sein!«

»Du hast recht! Ich erkenne drei Reiter«, bestätigte Aischa.

»Weide! Weide!«, hörte man die Kundschafter rufen. Vor dem Scheichzelt ließen die Reiter ihre Kamele niederknien. Freudig begrüßte man die Ankömmlinge.

»Wir haben das Land der Fellachen ausgekundschaftet«, hub der Älteste der Kundschafter an zu erzählen. »Von Dorf zu Dorf sind wir geritten. Das Land der Fellachen ist grün. Allah hat die Fellachen, diese Würmer der Erde, reichlich mit Regen bedacht, und uns lässt er verdursten.« Der Alte holte tief Luft: »Die Fellachen sind emsig. Wenn sie Unkraut jäten, sieht man nur noch ihre dicken Köpfe zwischen den Ähren. Sie erwarten die größte Ernte seit Jahren!«

Der Jüngste der Kundschafter ergriff das Wort: »Als wir durch ein Dorf bei Ramlah ritten und die Sonne in unserem Rücken die letzten Lichtstrahlen auf das Minarett der Dorfmoschee warf, sah ich eine Fellachin. Ihre goldene Halskette schimmerte im Glanz der Abendsonne. In tänzelndem Schritt kam sie den Schlangenweg von der Quelle hoch. Sie trug einen Wasserkrug auf ihrem Kopf. Ich war verzaubert von ihrem Gang!«

»Betörender noch war der Duft des frischen Brots«, fuhr der dritte Kundschafter fort. »Vor jedem Fellachenhaus steht ein Lehmofen. Der Anblick der leckeren Laibe quälte meinen hungrigen Bauch. Als eine Fellachin mit einem Tablett voll Brot meinen Weg kreuzte, zügelte ich mein Kamel: ›O Schwester! Ich bin dein Gast‹, wandte ich mich an sie. ›O Beduine! Sei mein Gast‹, sprach sie und reichte mir einen Laib Brot.«

»Unsere Suche nach Weide führte uns bis nach Jaffa«, fuhr der alte Kundschafter in seiner Erzählung fort. »Die Orangenhaine von Jaffa sind größer als unser Stammesgebiet. Die Bäume sind voll Früchte. Die Äste beugen sich unter der Last. Frauen, Männer und Kinder arbeiten von Sonnenaufgang bis Sonnenuntergang. Die Früchte werden in ferne Länder verschifft.«

»Habt ihr das Meer gesehen?«, fragte ein neugieriger Junge.

»Wir haben das Meer von Jaffa gesehen!«

»Wie groß ist das Meer?«, wollte der Kleine wissen.

»Es ist groß! Ich konnte das Ende nicht sehen«, gab der Alte zur Antwort. »Mein altes Kamel nahm zum ersten Mal ein Bad im Meer.«

»Haben die Meeresameisen dein Kamel nicht gefressen?«, fragte der Junge.

Der Alte lachte. Sein Goldzahn blitzte: »Mein Kamel ist alt und zäh. Und Fische fressen kein Kamelfleisch. Wir haben reiche Weide für die Herden gefunden, nicht weit von Jaffa. Wenn du mitkommst, dann zeige ich dir das Meer.« Der Junge klatschte begeistert in die Hände.

Der Scheich ergriff das Wort: »Die Kundschafter sind von der langen Reise müde, sie haben Ruhe verdient. In drei Tagen werden sie unsere Herden in das Land der Fellachen führen«, entschied er. Und so geschah es.

Die Hirten bereiteten den Aufbruch vor. Sie kramten in den Zeltwinkeln nach den Satteltaschen für die Esel, in denen die Zicklein und Lämmer reisen sollten. Die Beutel wurden mit Mehl und Salz gefüllt. Die Frauen bereiteten die Wegzehrung vor. Sie buken Fladenbrot. Getrockneter Ziegenkäse vom letzten Frühling, rund

und weiß wie die Steine im Wadi, wurde in Stoffsäckchen eingenäht.

Dann machten sich die Frauen daran, für die Hirten Zelte vorzubereiten. Von den großen Zelten trennten sie Zeltbahnen ab und fügten diese zu kleinen Zelten für die Wanderschaft zusammen.

Die frisch gewaschenen Gewänder der Hirten flatterten in der Abendbrise über den Zeltseilen. Sie verströmten den Duft von Olivenseife. Die Hirten füllten ihre Tabaksbeutel. Ein älterer Hirte suchte lange nach seiner Pfeife, bis er schließlich den Pfeifenkopf zwischen den Matratzen fand. Den Hals hatte Gewandscheißer abmontiert, um damit sein Eselsfüllen zu lenken.

Am dritten Tag war Aufbruch. Die Kamele, beladen mit den Zelten, traten ungeduldig von einem Fuß auf den anderen. Die Zicklein und Lämmer schrien jämmerlich, als sie in den Satteltaschen der Esel verstaut wurden. Die drei Kundschafter führten die Karawane an. Unter den Hirtinnen war auch die älteste Tochter des Großvaters. Die Bewohner des Stammeslagers schwenkten zum Abschied ihre Tücher, bis die letzte Ziege am fernen Horizont verschwunden war.

Während die Hirten und Hirtinnen mit unseren Herden auf dem Weg ins Land der Fellachen waren, hallte ein Schrei im Zeltlager wider: »Mein Mann! Oh, Vater meiner Kinder!« Der Schrei kam aus Chalils Zelt.

Von überall her eilten Männer, Frauen und Kinder

herbei. Der Großvater erreichte das Zelt als Erster. Er erblickte Chaula, die die Hand ihres Mannes an ihre Brust drückte. »Chalil! Chalil!«, schluchzte sie. Der Großvater beugte sich über den Liegenden. Er öffnete die Lider von Chalils Augen: »Seine Seele ist in den Brunnen der Seelen hinabgefahren. Allah möge ihm einen Platz im Paradies geben!« Er legte seine Hand auf Chaulas Schulter: »Ich werde dich und deine Kinder in meinen Augen tragen.«

Chaula blickte gebannt auf den Toten. »Für dich habe ich meinen Stamm verlassen.«

Die Frauen lösten die Hand des Toten aus Chaulas Fingern. Einer der Männer bedeckte den Leichnam mit einem Teppich.

Nach der Beisetzung des Toten suchten viele Zeltbewohner Chaula auf, um ihr Trost zu spenden und Unterstützung anzubieten. »Meine rechte Schulter sei Brot und die linke Wasser!«, versicherte ihr ein alter Freund von Chalil.

Der Scheich warf seinen Umhang um die Trauernde: »Du bist unsere Schwester. Die Liebe für dich und deine Kinder werden wir für immer in unseren Herzen tragen. Wer dich mit Wasser schlägt, den werden wir mit Blut schlagen!«

Die Tage vergingen. Noch immer herrschte die Dürre. Das Wasserholen aus weit entfernten Brunnen wurde immer beschwerlicher. Von Zeit zu Zeit kamen die Kundschafter und brachten Nachrichten aus dem Land der Fellachen. Sie schilderten uns die grüne Weide und die wohlgenährten Bäuche unserer Tiere. Ihre Worte waren wie ein Quell frischen Wassers.

Chaula lebte mit ihren drei Kindern weiter in ihrem Zelt. Sie war so alt wie Fatima, die zweite Frau des Großvaters. Beide waren im selben Winter zur Welt gekommen.

Chaula war eine schöne Frau. Sie war weder groß noch klein. Ihre Stirn und ihre Lippen waren tätowiert. Eine alte Zigeunerin hatte diese Tätowierung mit einer Nadel und Indigo vorgenommen, als Chaula noch ein junges Mädchen war. Die Zigeunerin wurde mit einem Korb voll Eier für ihre Mühe belohnt. Die Bewohner des Stammeslagers mochten Chaula. Sie war klug, und sie hatte ihrem Mann in der Not beigestanden.

Während der Trauerzeit empfing Chaula zahlreiche Besucher in ihrem Zelt. Diese brachten ihr Geschenke mit und versuchten, sie aufzumuntern. Der Großvater erstand auf dem Bazar von Gaza einen Umhang für die Witwe und Gewänder für ihre Kinder. Die Kaffeekanne auf der Feuerstelle in Chaulas Zelt war immer voll. Bald wurde der Kaffee der Witwe gerühmt. Gerne saß der Großvater bei ihr und schlürfte das schwarze Gebräu, vor allem, wenn in seinen Zelten Unwetter herrschte.

Mit der Zeit verfolgten die Frauen des Stammes den Besucherstrom in Chaulas Zelt mit Misstrauen. Und je näher das Ende der Trauerzeit rückte, desto argwöhnischer wurden die Blicke. Eines Tages, als der Großvater sich in Chaulas Zelt begab, spottete Fatima: »Der Kaffee der Witwe muss magische Kräfte haben. Er zieht die Männer an wie ein Magnet!«

Turfa nickte: »Chaula empfängt mehr Gäste als der Scheich. Alte und Junge pilgern zu ihr, als wäre ihr Zelt die Grabstätte einer Heiligen!«

Währenddessen schlürfte der Großvater Chaulas Kaffee. Als er sein Schälchen auf das Tablett zurückstellte, warf Chaula einen Blick in das Gefäß.

»Was siehst du im Kaffeesatz?«

Chaula nahm das Schälchen in die Hand und betrachtete es lange. Dann nickte sie mit ihrem Kopf: »Neben deinen Zelten sehe ich ein Brautzelt stehen!«

Ein Lächeln huschte über das Gesicht des Großvaters.

Sie sprachen über dies und das. Dann erzählte ihm Chaula vom Besuch des Stammesältesten. »Gestern früh trank der Stammesälteste den Morgenkaffee bei mir. Nach dem dritten Schälchen hüstelte er. ›Du bist jung und schön‹, wandte er sich an mich, ›bald geht die Trauerzeit zu Ende. Man kann die Toten nicht aus ihren Gräbern holen. Willst du nicht wieder heiraten?‹ Ich schwieg. Der Alte machte mir einen Heiratsantrag.«

Der Großvater blickte Chaula in die Augen. »Und wie war deine Antwort?«

»Ich entgegnete ihm, er sei mir zu alt. Ich wolle keinen Mann, der nur mein Lager vollfurzen könne. Das Gesicht des Alten wurde puterrot. Er packte seine Pfeife und verließ das Zelt.«

Der Großvater kicherte: »Beim Astloch furzt der Schreiner!«

Chaula schüttelte sich vor Lachen.

»Hörst du nicht die beiden scherzen?«, sagte Fatima zu Turfa.

Turfa, der die Witwe schon lange ein Dorn im Auge war, riss der Geduldsfaden. Wutentbrannt schritt sie auf Chaulas Zelt zu. Ohne Gruß betrat sie das Zelt. »Hast du kein Schamgefühl? Dein Mann ist noch frisch in seinem Grab, und du lachst?« Turfas Augen funkelten.

»Gestern war der letzte Trauertag«, erwiderte Chaula, »willst du nicht ein Schälchen Kaffee mit uns trinken?«

»Meine Kaffeekanne ist voll!«, entgegnete Turfa. Ihr Blick streifte den Großvater.

»Mit Kaffee empfängt man die Gäste. Und Großzügigkeit gebiert Freundschaft«, sagte Chaula.

»Aber keine Freundschaft mit meinem Mann! Er schlürft deinen Kaffee, und meine Kanne bleibt voll!«, zürnte Turfa.

»Das muss er selbst entscheiden!«

»Beruhige dich, Turfa!«, wandte sich der Großvater an seine Frau. »Wir müssen der Witwe beistehen.«

»Beistehen? Was braucht sie? Einen Mann?«

Verlegen schaute der Großvater zu Boden.

»Willst du sie heiraten?«, beharrte Turfa.

»Wenn er mir einen Heiratsantrag macht, werde ich ihn nicht zurückweisen!«, sagte Chaula. Hochmütig blickte sie auf die kleine Turfa.

Außer sich vor Zorn verließ diese das Zelt. Fatima lugte bereits hinter der Wäsche hervor, die über dem Zeltseil flatterte. »Turfa, was ist los mit dir?«

»Unser Mann hockt an Chaulas Feuerstelle und schlürft ihren Kaffee. Sie schmieden Heiratspläne«, gab Turfa zur Antwort.

»Chaulas Kaffee hat ihm den Verstand geraubt!«, schimpfte Fatima.

Eilig verließ der Großvater Chaulas Zelt. Seine Frauen erwarteten ihn bereits. »Bist du wieder auf Freiersfüßen?«, wandte sich Fatima an den Großvater. Dieser nestelte an seiner Kopfbedeckung. »Die Witwe …« Turfa schnitt ihm das Wort ab: »Wie viel Frauen willst du noch heiraten? Du hast Töchter, und du hast auch Söhne!«

»Die Witwe verdient unseren Beistand«, hob der Großvater wieder an. »Sie verließ ihre Sippe aus Liebe zu Chalil. Chaula kann nicht zurückgehen, und sie kann auch nicht alleine bleiben.«

»Es gibt viele Männer im Zeltlager!«, entgegnete Turfa. »Die Witwe hat freie Wahl. Sie hat sich für mich entschieden. Soll ich sie zurückstoßen?«

»Mein Vetter hat recht!«, schaltete sich Aischa in den Streit ein.

»Sei still!«, kreischte Turfa. »Du sitzt weit vom Feuer!«

»Ich habe schon am Feuer gesessen, als du noch in die Wiege geschissen hast!«

»Ruhe! Ruhe!«, rief der Großvater. »Wir machen uns zum Gespött des ganzen Zeltlagers!«

Wortlos kehrten ihm die Frauen den Rücken und begaben sich in ihre Zelte. Der Großvater zuckte mit den Schultern. »Womit hab ich das nur verdient?«, sprach er bei sich, als er ins Männerzelt trottete.

Im Männerzelt gab er die Neuigkeit bekannt. »Die Trauerzeit ist zu Ende. Ich werde die Witwe heiraten.«

»Du hast doch drei Frauen«, bemerkte der Stammesälteste.

»Die Witwe hat sich für mich entschieden«, entgegnete ihm der Großvater.

Der Stammesälteste zündete mit einem glühenden Kamelbällchen seine Pfeife an und nahm einen kräftigen Zug. »Ein Kochtopf sitzt immer auf drei Steinen!«

Der Großvater würdigte ihn keiner Antwort.

Chaulas Sippe stimmte der Heirat zu. Und als der nächste Vollmond sich über der Wüste erhob, fand das Hochzeitsfest statt. Und so wurde Chaula die vierte Frau des Großvaters.

Wir nannten dieses Jahr das Orangenjahr. Als die

Hirten mit den Herden aus dem Land der Fellachen zurückkehrten, waren ihre Satteltaschen gefüllt mit Orangen.

Sultana

Tage vergingen und andere kamen. Chaula gebar dem Großvater einen Sohn und eine Tochter. Sie wuchsen zusammen mit ihren Halbgeschwistern, den Kindern von Fatima und Turfa, auf. Je älter die Kinder wurden, desto mehr stand jedes zur Seite seiner Mutter, wenn es zu Streitigkeiten kam.

Eines Tages, als die Ernte eingebracht war und das Korn sich auf dem Dreschplatz türmte, ruhten sich der Großvater und seine vier Frauen von der schweren Arbeit aus. Sie saßen auf Teppichen vor Aischas Zelt und unterhielten sich über die reichliche Ernte. Das Jahr war so fruchtbar gewesen, dass der Großvater viele Kamelladungen voll Getreide bei den Fellachen gegen Münzen eintauschen konnte. Einer der Getreidehändler war der Fellache, bei dem die Herde des Großvaters im Orangenjahr geweidet hatte.

Der Großvater wandte sich an Chaula: »Kannst du mich entlausen?« Diese nickte. Er nahm seine Kopfbedeckung ab und legte sein Haupt in Chaulas Schoß.

Chaula löste seine vier Haarzöpfe und ließ das Haar durch ihre Finger gleiten. Und der Großvater schloss seine Augen. »Ich kann keine Laus finden«, sagte Chaula nach einer Weile.

»Aber irgendetwas juckt mich«, beharrte der Großvater.

»Wahrscheinlich sind es die grauen Haare«, spottete Turfa.

»Viele graue Haare hat er nicht«, nahm ihn Chaula in Schutz.

»Und im Übrigen, was wäre die Nacht ohne Sterne ...«

Der Großvater lächelte: »Ich lasse meine Sterne am Himmelszelt stehen. Es gibt Frauen, die ihre Sterne durch Henna zum Sinken bringen!«

Der Großvater setzte sich auf. »Nun will ich auf dem Dreschplatz nach dem Rechten sehen.« Er schnappte seine Kopfbedeckung und ging von dannen.

Mit den Jahren genoss der Großvater großen Respekt im Stamm. Seine Gastfreundschaft war berühmt, und seine Großzügigkeit kannte keine Grenzen. Man hörte auf seine Worte. Eines Abends im Männerzelt sprach er zu der Runde: »Unser Stamm ist groß. Wir haben Herden und viel Land. Doch wir brauchen einen Brunnen, dessen Wasser nie versiegt. Wenn der Wasservorrat in den Dürrejahren zu Ende geht, bevor der nächste Regen einsetzt, müssen wir aus weit entfernten Brunnen Wasserfelle heranschleppen. Ich will einen tiefen Brunnen ausheben lassen.«

Die Männer lauschten seinen Worten. »Dein Vorhaben bereitet uns Freude. Wenn wir einen tiefen Brunnen hätten, müssten wir nicht bei fremden Stämmen um Wasser bitten«, sprach der Scheich.

»Brunnen auszuheben gehört zu den ruhmreichen Taten!«, pflichtete ihm ein anderer bei.

»Ein Brunnen spendet Wasser für Mensch, Tier und Pflanze. Von seinem Wasser bereitet man Kaffee für die Gäste. Sein Wasser macht den Gläubigen rein für das Gebet!«, fügte der Spurensucher hinzu.

»Aber große Taten kosten! Wie willst du die Münzen aufbringen?«, gab der Scheich zu bedenken.

»Die Ernte war groß in diesem Jahr. Und ich werde ein Stück Land verkaufen. Mit den Münzen lasse ich den Brunnen ausheben«, antwortete der Großvater.

»Allah und der Stammesahn mögen dein Vorhaben segnen!«, wünschte der Kadi und nahm einen Schluck Wasser aus dem Krug.

So verkaufte der Großvater ein Stück Land gegen viele Münzen. Außerdem hatte er noch einen Beutel voll Münzen, die ihm sein Vater hinterlassen hatte, neben der Feuerstelle vergraben. Er zählte seine Münzen, und als ihm die Menge genug schien, sattelte er sein Kamel und ritt zum Stamm Agil. Die Männer dieses Stammes waren berühmt unter den Stämmen für das Ausheben von Brunnen. Nach mehreren Tagesritten kehrte der Großvater mit vier Männern aus dem Stamm Aqil zurück.

Nach dem üppigen Gastmahl im Scheichzelt geleitete der Großvater die Brunnenbauer auf sein Land. Die Männer gingen auf und ab, bis der Älteste mit seinem Stock auf die Erde hieb: »Hier! An diesem Platz, nicht weit vom Wadi, gibt es Wasser.«

Mit dem Stock umkreiste er eine Stelle: »Hier werden wir den Brunnen ausheben!«

Die Brunnenbauer holten die Werkzeuge aus den Satteltaschen ihrer Kamele und machten sich ans Werk. Sie arbeiteten am Tag, und die Nächte verbrachten sie im Männerzelt. Die Frauen des Großvaters bereiteten das Essen für die Männer zu. Einmal im Monat schlachtete der Großvater ein Schaf für die Brunnenbauer.

Der Großvater und seine Söhne halfen bei der Arbeit. Sie schleppten Stein um Stein auf dem Eselsrücken herbei. Die Brunnenbauer gruben und gruben. Sie huben eine Sandschicht nach der anderen aus und hievten Steinbrocken hoch, und mit jedem Tag verschwanden sie tiefer im Bauch der Erde. Dann endlich stießen sie auf Wasser.

Die Freude war groß. Der Stamm feierte drei Tage lang. Am Brunnen opferte der Großvater ein Schaf, mit dessen Blut er die Brunnenöffnung bestrich.

Als die Feierlichkeiten zu Ende waren, sprach der Großvater zu den Männern: »Unser Stamm hat jetzt einen Brunnen, dessen Wasser nie versiegt.« Er hielt kurz inne: »Doch mein Beutel ist leer. Meine Söhne werden am Brunnen Wasser schöpfen. Und wer Wasser braucht, soll mir bei Neumond eine kleine Münze geben!«

Die Runde nickte.

»Wir wissen, dass der Brunnen deine letzte Münze geschluckt hat. Wer keine Münzen hat, kann auch Getreide gegen Wasser tauschen!«, sprach der Kadi und fuhr fort: »Doch achte darauf, dem Wanderer und den Pferden ihr Recht nicht zu verweigern. Sie bekommen Wasser ohne Gegengabe.«

Der Großvater nickte. »Ihre Rechte sind mir heilig. Sie werden nicht durstig an meinem Brunnen vorübergehen.«

Eines Tages, während die Söhne des Großvaters beim Wasserschöpfen am Brunnen waren, saß der Großvater mit den älteren Männern im Scheichzelt. Man spielte eine Runde Sydscheh. Mit dem Daumen wurden im Sand neunundvierzig Löcher markiert, sieben Reihen in der Breite und sieben Reihen in der Länge. So hatte man ein Spielfeld. Jeder Spieler bekam vierundzwanzig Löcher zum Setzen. Das mittlere Loch blieb frei. Ein Spieler setzte Kameläpfel, der andere Ziegenperlen. Waren alle Kameläpfel und Ziegenperlen platziert, fing das Spiel an. Jeder Spieler bewegte seine Figuren so, dass er die des Gegenspielers aus dem Feld schlagen konnte. Als Gewinn war ein Ei ausgesetzt. Man spielte dieses Spiel gerne in der Fastenzeit, um sich die langen Ramadantage zu verkürzen.

Der Großvater spielte mit Ziegenperlen gegen den Stammesältesten, der Kameläpfel setzte. Beide waren gute Spieler, und so zog sich das Spiel in die Länge. Es war ein hartes Ringen, doch mit der Zeit verdrängten die Kameläpfel immer mehr die Ziegenperlen. Und als die Sonne über der Brunnenöffnung stand, war das Spiel entschieden, der Großvater hatte verloren.

Der alte Fuchs triumphierte: »Ich habe gewonnen. Gib das Ei her!« Der Großvater reichte ihm das Ei: »Ich habe gegen einen hervorragenden Spieler verloren. Das ist ein halber Sieg!«

»Du hast die Witwe geheiratet, und ich muss mich mit diesem Hühnerei trösten«, sagte der Stammesälteste, als er den Gewinn in seine Gewandtasche gleiten ließ.

Der Großvater lächelte: »Glück im Spiel, Pech in der Liebe!«

»Deine Glückssträhne ist auch nicht ohne Grenzen«, schaltete sich ein Dritter in das Gespräch ein.

»Wie meinst du das?«

»Dein Beutel ist leer. Der Brunnen hat all deine Münzen geschluckt!«

Der Großvater zog die Augenbrauen zusammen: »Ich habe vier Frauen, und ich kann auch noch eine fünfte heiraten!«

»Sein Beutel ist leer, aber er hat eine heiratsfähige Tochter.« Der Stammesälteste schaute in die Runde: »Du, Antar, hast doch auch eine Tochter im heiratsfähigen Alter! Wollt ihr nicht die Töchter tauschen?«

»Wenn er mir seine Tochter gibt, gebe ich ihm meine«, sprach Antar und streckte seine Hand dem Großvater entgegen.

»Das ist ein ehrenhaftes Angebot. Gib ihm die Hand!«, feuerten die Männer den Großvater an.

Und der Großvater schlug ein. Der Stammesälteste hielt beide Hände fest, und die Anwesenden bezeugten die Abmachung.

Die Nachricht von der Eheschließung verbreitete sich im Zeltlager in Windeseile. Die Frauen des Großvaters mochten die Neuigkeit kaum glauben. Vor allem Fatima war fassungslos, als sie davon erfuhr. Ein Nachbar, der an ihrem Zelt vorbeiging, hatte ihr zugerufen: »O Fatima, Mutter von Naifa! Meine Glückwünsche zur fünften Frau deines Mannes und zur Verehelichung deiner Tochter!«

Fatima, die gerade den Teig knetete, warf die Schüssel samt Inhalt zu Boden. Mit schnellen Schritten eilte sie auf das Scheichzelt zu. Doch eine der Frauen des Scheichs fing sie ab:

»Dein Mann ist in eine Falle geraten, und nun kann er nicht mehr zurück. Ich habe die Gespräche von Anfang bis Ende durch die Trennwand gehört!« Sie führte

Fatima in das Frauenabteil des Scheichzelts und schilderte ihr, was sie erlauscht hatte.

»Dieser verfluchte Antar hat meine schöne Tochter gegen seine hässliche eingetauscht. Schon lange hat er ein Auge auf Naifa geworfen, ich hab es wohl bemerkt. Aber wer hätte gedacht, dass ihm sein Vorhaben gelingt.«

Schluchzend kehrte Fatima in ihr Zelt zurück. Die Frauen des Großvaters kamen eine nach der anderen zu ihr: »Ist es wirklich wahr?«, fragte Turfa.

Fatima nickte.

»Diese Männer haben nichts als Heiraten im Kopf. Antar hat eine Frau, und unser Mann hat vier. Wie viele will er denn noch?«, klagte Turfa. Und sie fuhr fort: »Du warst so stolz auf deine Töchter. Und was hast du jetzt davon? Erst helfen sie dir bei der Zeltarbeit, doch sobald sie im heiratsfähigen Alter sind, verlassen sie dich. Und wenn du Pech hast, bringen sie auch noch eine neue Frau ins Zelt. Wenn die Männer sich keine Brautgabe leisten können, tauschen sie ihre Töchter. Töchter zu haben, ist bisweilen ein Unglück!«

»Naifa hat nicht auf mich gehört«, erwiderte Fatima. »Ich wollte sie mit ihrem Cousin verheiraten, aber sie mochte ihn nicht.« Mit dem langen Ärmel ihres Kleides wischte sie ihre Tränen ab. Und mit stockender Stimme erzählte sie den Frauen, wie die Absprache zustande gekommen war.

»Der Stammesälteste ist schuld!«, beschied Chaula, die aufmerksam zugehört hatte. »Ich habe seinen Heiratsantrag abgelehnt, und nun setzt er mir eine Schlange auf die Brust! Sein Tod möge qualvoll sein!«

»Mein Vetter ist nicht der Erste, der seine Tochter tauscht!«, schaltete sich Aischa ein.

»Du hast gut reden, du hast diese Sorgen nicht«, ereiferte sich Fatima. »Du bist wie ein Baum, der keine Früchte trägt!« Und Turfa pflichtete ihr bei: »Meine Söhne schöpfen den ganzen Tag Wasser, und Fatimas Tochter wird eingetauscht! Und alles kommt deiner Sippe zugute.«

Der Großvater, der laute Stimmen vernahm, verließ die Männerrunde und begab sich zu Fatimas Zelt. »O Mutter von Naifa!«, wandte er sich an Fatima. »Was geschehen ist, ist geschehen! Ich kann mein Wort nicht zurücknehmen.« Er hielt kurz inne. »Du und deine Tochter, jede bekommt ihr Recht!«

»Meine Tochter soll die zweite Frau von Antar werden? Seine Frau ist giftiger als eine Schlange!«, entgegnete Fatima verbittert. »Und hast du das Sprichwort der Alten vergessen: Frauentausch ist ungerecht?«

Der Großvater zupfte an seiner Kopfbedeckung. »Denk doch an die gute Seite. Deine Tochter wird nicht weit von dir sein. Und wenn Antar die Waage der Gerechtigkeit nicht in der Mitte hält, bekommt er es mit mir zu tun!«

»Und was ist mit deiner Waage?«, warf Turfa ein. »Die Schalen werden immer schwerer. Hast du noch Kraft, sie zu halten?«

Der Großvater schwieg.

Chaula musterte ihn mit scharfem Blick. »Hast du die volle Kaffeekanne in meinem Zelt vergessen? ›Chaula, deine Gesellschaft macht das Herz jung!‹, hast du mir ins Ohr geflüstert, als du um mich geworben hast. Und jetzt heiratest du eine neue Frau!«

»Bei Allah und bei allen Heiligengräbern! Ich habe das nicht gewollt. Aber der verfluchte Stammesälteste ist giftiger als ein Skorpion«, verteidigte sich der Großvater.

Auch Gewandscheißer überschüttete seinen Vater mit Vorwürfen. Die Nachricht hatte ihn erreicht, als er mit seinen Brüdern beim Wasserschöpfen war. »Wir schuften am Brunnen von Sonnenaufgang bis Sonnenuntergang. Und du sitzt in der Männerrunde, und deine Zelte werden immer mehr. Ich bin der älteste Sohn, und ich habe das Recht, meine Schwester gegen ein Mädchen zu tauschen!«

»Du bist noch jung, und wenn du das Heiratsalter erreicht hast, bekommst du das schönste Mädchen unseres Stammes!«, versprach ihm der Großvater. »Unser Brunnen spendet reichlich Wasser, und die Münzen werden in unseren Beutel zurückkehren. Keine Brautgabe wird für uns zu hoch sein!«

Auch in Antars Zelt gab es Zank. Als Antars Frau von der Eheschließung ihres Mannes erfuhr, war sie außer sich: »Du trägst den falschen Namen. Antar war ein Held, und du bist ein Schwächling! Du verdienst den Namen eines Eseltreibers!«

»Wirst du wohl still sein!«, schrie Antar.

»Ein Eseltreiber macht mir keine Angst!«

Antar wurde puterrot. Er packte seine Frau, die ihn höhnisch anlächelte, am Haarzopf und schleuderte sie zu Boden. Lautes Wehgeschrei erfüllte das Zeltlager. Die Nachbarn, die herbeieilten, hatten Mühe, die Frau aus den Krallen ihres Mannes zu befreien. Antar verließ das Zelt, und seine Frau blieb in der Obhut der Nachbarinnen.

Als der Tag zu Ende ging und die Sonne wie ein roter Ball hinter den Sanddünen versank, kehrten die Herden von der Weide zurück. Sultana, Antars Tochter, führte ihre Ziegen ins Zelt.

Ihre Mutter empfing sie: »Bald wirst du keine Ziegen mehr zur Weide führen.«

Die Tochter schaute die Mutter verblüfft an. »Was hat das zu bedeuten?«

»Du wirst heiraten. Dein Vater hat dich gegen Naifa getauscht!« Sultana senkte ihren Kopf. »Du wirst die fünfte Frau von Abu Mohammed, und ich habe Naifa am Hals.«

»Ist das wahr?«

»Bei Allah, so ist es abgemacht! Doch ich verspreche dir, dein Vater wird keine Freude an seiner Hochzeitsnacht haben!« Und die Mutter fuhr fort: »Du wirst es nicht leicht haben als fünfte Frau. Doch auf meine Hilfe kannst du immer zählen!« Die Mutter und ihre Tochter saßen noch lange an der Feuerstelle beisammen, ohne ein weiteres Wort zu wechseln. Jede war in ihre Gedanken versunken.

In dieser Nacht war Aischa, die älteste Frau des Großvaters, an der Reihe. Als er ihr Lager aufsuchte, schlang er seine Arme um ihren Hals: »O meine teure Cousine! Steh du mir wenigstens bei!«

»Erst fällst du in den Brunnen, und dann rufst du um Hilfe!«

»Du weißt, dass meine Ehre auf dem Spiel steht. Ich kann mein Wort nicht zurücknehmen!«

Aischa betrachtete ihren Vetter. »Deine Lage wird immer schwieriger. Du hast vier Zelte, und gegen das fünfte tauschst du deine Tochter ein. Du weißt doch, wie heikel der Töchtertausch ist. Wenn eine Ehe wackelt, droht die andere zu zerbrechen!«

Der Großvater nickte: »Deswegen brauche ich jemanden, auf den ich zählen kann. Du bist meine Cousine, dir kann ich mein Herz öffnen.« Und der Großvater strich Aischa zärtlich über die Wangen.

Vierzig Tage vor der Kreuznacht wuchs das Zeltlager um zwei Zelte. Aischa schlug das Brautzelt für ihren

Vetter auf, und Antars Frau bereitete ein Zelt für ihren Mann vor. Der Großvater ritt mit Fatima und seiner Tochter zum Bazar von Gaza, um Goldschmuck und Stoffe zu kaufen. Fatima erhielt von ihrem Mann einen Armreif.

Auch Antar kaufte Schmuck für seine Tochter und einen Umhang für seine Frau.

Als die Hochzeitsnacht anbrach, wurde jede Braut in ihr Zelt geführt. Dieses Hochzeitsfest war anders als die früheren Hochzeiten des Großvaters. Man sang und tanzte, und doch wollte keine rechte Feierstimmung aufkommen. Wolken überschatteten den Himmel über den Brautzelten.

Nach dem Festmahl wurde jeder Bräutigam zu seiner Braut geführt.

Als die Morgensonne sich hinter den Dünen erhob, verließ der Großvater das Brautzelt und begab sich in das große Festzelt. Man beglückwünschte den Bräutigam, und dieser teilte Süßigkeiten aus. Sein Gesicht strahlte.

Kurze Zeit später traf auch Antar ein. Auch er verteilte allerlei Leckereien, doch seine Miene war verstimmt. Er blickte keinem in der Runde in die Augen.

»Antar hat versagt!«, flüsterte ein Alter seinem Nachbarn ins Ohr.

»Es steht auf seiner Stirn geschrieben! Das sieht ein Blinder!«, bestätigte der Nachbar.

Als die Frauen das Brautzelt des Großvaters betraten, fanden sie das Tuch mit dem Jungfernblut hängen. Aischa trällerte dreimal.

Während Aischas Trällern in der Schlucht widerhallte, war es um Antars Brautzelt still. Die Frauen brachten der Braut Geschenke, doch nach dem Tuch hielten sie vergeblich Ausschau. Und als sie die Braut danach fragten, gab sie keine Antwort. Die Nachricht verbreitete sich wie Rauch im Zeltlager. Bald wusste jeder im Stamm über die Sache Bescheid. Überall steckte man die Köpfe zusammen, und es dauerte nicht lange, bis die Nachricht aus dem Brautzelt die Stammesgrenzen hinter sich gelassen hatte.

Als die drei Hochzeitsnächte um waren und in Antars Brautzelt immer noch kein Tuch zu sehen war, rückte das Brautzelt in den Mittelpunkt der Gespräche.

»Was ist los mit dem Bräutigam? Es ist mehr als die übliche Aufregung!«, sagte eine alte Frau.

»Es ist doch nicht seine erste Frau!«, wunderte sich eine andere.

Und Fatima, die Brautmutter, murmelte: »Meine Tochter sitzt unberührt auf dem Hochzeitslager. Diese Ehe steht unter keinem guten Stern. Ich war von Anfang an gegen diese Verbindung!«

Antars Miene verdüsterte sich von Tag zu Tag. Die musternden Blicke der Frauen und der Spott der Männer waren qualvoll. Ein alter Freund, der Mitleid mit ihm hatte, nahm ihn beiseite: »Jede Krankheit hat ihre Heilung. Du musst den Derwisch aufsuchen! Vielleicht kann er dir helfen.«

Antar folgte dem Rat seines Freundes. Unverzüglich sattelte er sein Kamel und machte sich auf den Weg zum Derwisch, neugierige Blicke folgten ihm, bis das Kamel am fernen Horizont verschwunden war.

Nach einem Halbtagesritt erreichte Antar das Zeltlager des Derwischs. Als er sein Kamel vor dem Zelt des Derwischs niederknien ließ, trat dieser aus dem Zelt. »Der Gast sei willkommen! Mir träumte, ein Bräutigam werde mich aufsuchen.« Antar errötete.

Der Derwisch geleitete seinen Gast ins Zelt. Nach dem dritten Kaffeeschälchen fragte er seinen Gast: »Wer soll die Geschichte erzählen, der Gastgeber oder der Gast?«

Antar hüstelte. »Der Gast erzählt.«

Der Derwisch bettete seinen Kopf auf den Arm und wartete. Und Antar begann zu erzählen: »Ich habe meine Tochter gegen ein Mädchen getauscht. Als ich das Brautzelt betrat, war ich glücklich. Ich war voll Erwartung. Doch kaum ließ ich mich neben der Braut nieder, ließ meine Wärme nach. Je länger ich auf dem Hochzeitslager saß, desto kühler wurde ich. Ich war verwirrt und wusste nicht, was tun. So verbrachte ich die erste Hochzeitsnacht bei meiner Braut wie ein Mönch in seinem Kloster!«

Antar seufzte. »In der zweiten Nacht habe ich versucht, die Jungfernschaft meiner Braut zu nehmen! Doch vergeblich! Schweißperlen standen mir auf der Stirn. Die Braut gab mir eine Handvoll Datteln, doch meine Kehle war zugeschnürt.« Der Bräutigam hielt kurz inne: »Dasselbe geschah in der dritten Nacht. Als ich ihren Haarzopf berühren wollte, wich die Braut aus: ›Es ist besser, wenn du ein Huhn schlachtest!‹ Die Worte der Braut drangen mir bis ins Mark. Das Tuch im Brautzelt meiner Tochter hing am ersten Morgen über der Zeltstange. Und ich? Ich wurde zum Gespött der Leute! Ich flehe dich an, o Derwisch!«

Der Alte hatte aufmerksam gelauscht. Er setzte sich auf und stopfte sich eine Pfeife: »Mein Sohn! Du bist nicht der Erste, der mir diese Geschichte erzählt.«

Der Derwisch schwieg eine Weile. Dann erkundigte er sich: »Hast du der Braut ihr Gastrecht gewährt?«

»Sie hat nicht danach verlangt!«, erwiderte Antar.

»War deine erste Frau mit deiner Hochzeit einverstanden?«, wollte der Alte wissen.

»Nein! Es gab Streit.«

Der Derwisch zündete mit einem Feuerstein seine Pfeife an und begann zu rauchen. Antar ließ den Alten nicht aus dem Auge.

Endlich sprach der Derwisch: »Gib mir irgendetwas von dir. Ich werde es heute Nacht unter meinen Kopf legen.«

»Hier ist mein Gürtel!«

Der Derwisch unterhielt seinen Gast mit allerlei Geschichten. Spät in der Nacht legten sie sich zur Ruhe.

Doch Antar konnte keinen Schlaf finden. Er lag auf seinem Rücken und dachte nach: »Meine Tochter liegt jetzt in den Armen ihres Bräutigams. Und meine Braut? Allah möge ihr Geduld geben.« Antar seufzte: »Und ich? Ich liege auf dem alten Teppich und warte!«

Während sich Antar auf dem Lager hin und her wälzte, begann der alte Derwisch zu schnarchen. »Ob er wohl mit den Engeln spricht?«, sagte Antar bei sich.

Als der Hahn krähte, erwachte der Derwisch. Er griff zum Wasserkrug, um neben dem Zelt die rituelle Waschung vorzunehmen. Dann breitete er einen Teppich aus und verrichtete sein Morgengebet. »Allah möge uns vor bösen Taten schützen!«, schloss er sein Gebet.

Antar wartete. Das Gebet schien ihm länger als üblich zu sein. Dann endlich begann der Alte, den Morgenkaffee zuzubereiten. Während der Kaffee in der Schnabelkanne brodelte, wandte sich der Derwisch an seinen Gast: »O Antar! Dein Problem hat mehr als einen Knoten. Es ist nicht die übliche Aufregung …«

Antars Augen weiteten sich. »Was denn?«

»Jemand wollte dir in deiner Hochzeitsnacht schaden. Ich muss das Brautzelt sehen!«

Antar sprang auf wie ein junges Kamel. Er drückte den Alten an seine Brust: »Ich bin dein Schutzbefohlener! Wenn du mir hilfst, gebe ich dir mein Rennkamel!«

»Sachte, sachte, mein Sohn! Setz dich!« Er gab Antar den Gürtel zurück und versprach, dass er sein Bestes tun wolle.

Nach dem Morgenkaffee machten sich die beiden auf den Weg. Als die Sonne über dem Brautzelt stand, trafen die Reiter im Zeltlager ein. Alle Blicke waren auf den Derwisch gerichtet. Antar führte den Derwisch zum Brautzelt. Auf Geheiß des Alten wurde neben dem Brautzelt ein Feuer angefacht. Aus der Tasche seines Gürtels holte der Derwisch drei Weihrauchkörnchen, die er in die Glut warf.

Als eine Rauchsäule emporstieg, umkreiste der Derwisch das Brautzelt. Dann verschwand er im Zelt. Nach geraumer Zeit erschien der Alte im Zelteingang. Triumphierend schwenkte er sèinen Turban: »Ich habe ein Zauberamulett gefunden. Es war unter dem Hochzeitslager versteckt!«

Inzwischen hatten sich viele Zeltbewohner versammelt und beobachteten neugierig das Geschehen.

Der Derwisch warf das Amulett in die Glut: »Jetzt kann sich der Bräutigam auf seine Hochzeitsnacht freuen! Das Amulett ist außer Kraft gesetzt.«

Antar überreichte dem Alten die Zügel seines Rennkamels, doch dieser entgegnete: »Mein Sohn, behalte dein Kamel! In meinem Alter zählen nur die guten Taten. Nur sie werden mich vor der Hölle schützen!« Der Derwisch verabschiedete sich und ritt von dannen.

Und am folgenden Morgen fanden die Frauen das Tuch im Brautzelt hängen.

So gingen die Tage der Hochzeit zu Ende, und der Alltag kehrte wieder ein. Sultana richtete ihr Zelt ein, und so hatte der Großvater fünf Zelte, die er abwechselnd aufsuchte.

Die Sommerhitze war groß. Von weit her suchten die Hirten den Brunnen des Großvaters auf. Kamele, Pferde, Schafe und Ziegen umringten den Brunnen, um ihren Durst zu stillen. Frauen füllten ihre Wassersäcke und luden sie auf den Rücken ihrer Esel. Der nie versiegende Brunnen war berühmt. Bald klimperten die Münzen im Beutel des Großvaters.

Eines Tages, als der Großvater seinen Söhnen beim Wasserschöpfen half, kam Aischa eilig auf ihn zu. »Mein Vetter!«, rief sie. »Deine Frauen haben sich in den Haaren!«

»In welchem Zelt gibt es Streit?«

»Fatima und Sultana!«

Der Großvater folgte Aischa zu Fatimas Zelt. »Was ist geschehen? Was geht hier vor?«, schrie der Großvater Fatima an. Die Zornesröte stand ihm im Gesicht.

»Deine jüngste Frau sucht seit Tagen Streit mit mir. Bestimmt hat ihre Mutter sie aufgehetzt! Ich saß mit meiner Tochter in meinem Zelt. Wir waren gerade dabei, Weizen zu mahlen, als Sultana das Zelt betrat. Ohne uns zu begrüßen, sagte sie: ›Seit gestern ist die Steinmühle bei dir. Ich muss auch Korn mahlen.‹ – ›Wenn wir fertig sind, kannst du die Mühle haben‹, erwiderte ich. Sie griff nach der Mühle, und ich hielt sie am Arm fest. ›Wenn du meinen Arm nicht loslässt, zertrümmere ich dir den Schädel mit dem Mahlstein!‹, bedrohte sie mich. Und so hat der Streit begonnen.«

Nachdem der Großvater die Geschichte von Fatimas Seite gehört hatte, ging er schnurstracks zu Sultanas Zelt. Diese stand vor dem Spiegel, der an der Zeltstange hing, und kämmte ihre zerzausten Haare. »Was ist geschehen?«, fragte der Großvater.

Sultana begann zu erzählen. »Ich wollte Fladenbrot backen und ging zu Fatima, um die Mühle zu holen. Kaum hatte ich das Zelt betreten, beschimpfte sie mich. ›Was hast du in meinem Zelt zu suchen? Reicht es nicht, dass du Unglück über mich und meine Tochter gebracht hast?‹ Ich bat um die Mühle, doch anstelle der Mühle bekam ich Schläge. Fatima und ihre Tochter hieben auf mich ein. ›Wehe, du wagst es noch einmal, mein Zelt zu betreten!‹, bedrohte mich Fatima.« Sultana begann zu schluchzen. »Ich kehre ins Zelt meines Vaters zurück, bis ich mein Recht bekomme!«

»Ich werde die Schuldige herausfinden«, versprach der Großvater.

Er begab sich in Aischas Zelt. »Aischa, sag mir, was

geschehen ist. Jede Frau erzählt mir eine andere Geschichte. Was hast du gesehen und gehört?«

»Ich kam gerade zurück vom Dreschplatz«, erzählte Aischa, »als ich Schreie hörte! Ich rannte zu Fatimas Zelt. Mit Müh und Not konnte ich Sultana aus den Fängen von Fatima und ihrer Tochter befreien. Ich brachte Sultana in ihr Zelt zurück und machte mich auf die Suche nach dir.«

»Wie soll das weitergehen? Kaum bin ich außer Sichtweite, gibt es Zank und Streit in meinen Zelten. Bei der Seele des Stammesahns, dein Vetter lässt sich nicht zum Gespött der Männer machen!«

Eilig schritt der Großvater auf Fatimas Zelt zu: »Amina, meine Tochter, komm zu mir!« Zögernd erschien das Mädchen im Zelteingang.

»Warum hast du Sultana geschlagen?«

Amina sah die Augen ihres Vaters funkeln. »Ich bin nicht schuld«, stammelte sie. Der Großvater packte seine Tochter am Ohr: »Bei Allah, ich ziehe dir die Ohren lang, bis du die Wahrheit sagst!«

Das Mädchen begann zu zittern. »Meine Mutter hat mich angestiftet. Sie mag Sultana nicht!«

»Dann sag deiner Mutter, sie solle Sultana ein für alle Mal in Ruhe lassen. Und du? Wenn du dich noch einmal einmischst, dann werde ich dir die Mittagssterne zeigen!« Der Großvater gab seiner Tochter eine schallende Ohrfeige. »Hast du verstanden?«

Amina nickte. Heulend barg sie ihr Gesicht in den Händen.

Am Abend nahm der Großvater den Scheich beiseite. Er berichtete ihm von den Streitigkeiten in seinen Zelten und bat um seine Vermittlung.

Am folgenden Tag begab sich der Scheich zu Antars Zelt. Als dieser ihm zur Begrüßung ein Schälchen Kaffee reichte, sprach der Scheich: »Ich bin kein Gast. Ich komme wegen einer Angelegenheit. Den Kaffee nehme ich erst an, wenn die Sache bereinigt ist.«

»O würdiger Scheich! Trink dein Schälchen!«

»Versprichst du mir, dass ich nicht mit leeren Händen zurückkehre?«

Antar strich sich über den Schnurrbart. »Versprochen!«

Und der Scheich schlürfte seinen Kaffee. »Was kann ich für meinen Gast tun?«, wandte sich Antar an den Scheich.

»Dein Schwiegersohn bat mich um Vermittlung.«

Der Scheich hielt kurz inne. »Menschen streiten sich. Sogar die Därme streiten sich im eigenen Bauch!«

»Meine Tochter wird bei mir bleiben!«, schaltete sich Antars Frau ein.

»Es ist der erste Streit, und schon willst du die Trennung?« Der Scheich schüttelte unwillig sein Haupt.

»Mein Schwiegersohn muss meine Tochter vor seinen Frauen in Schutz nehmen! Das ist meine Bedingung.«

Der Alte nickte: »Deine Tochter wird ihr Recht bekommen. Doch wir wollen die Wunde nicht größer machen, als sie ist. Vergiss nicht: Der Mann deiner Tochter ist nicht nur dein Schwiegersohn, sondern auch dein Schwiegervater!«, erinnerte ihn der Scheich.

»Wenn er seine Tochter wiederhaben will, umso besser!«, stichelte Antars Frau.

»Wirst du wohl still sein!«, fauchte Antar. »Das ist eine Angelegenheit unter Männern!«

»Du hast mir versprochen, dass ich nicht mit leeren Händen zurückkehre«, mahnte der Scheich den Gastgeber.

Antar kratzte sich nachdenklich an der Stirn. Dann sagte er: »Ich halte mein Wort. Meine Tochter wird zu ihrem Zelt zurückkehren.«

Der Scheich atmete erleichtert auf. »Ich habe das Schälchen nicht umsonst angenommen. Ein solcher Vorfall wird sich nicht wiederholen. Dafür wird der Mann deiner Tochter schon Sorge tragen.«

Und so kehrte Sultana zurück in ihr Zelt.

Das war die Geschichte von Sultana, der fünften Frau des Großvaters. Es war im Brunnenjahr, als der Großvater sie gegen seine Tochter eintauschte.

Und jetzt habe ich Durst vom langen Erzählen. Wo ist der Wasserkrug?

Abla

Meine kleinen Löwen, heute Abend erzähle ich euch die Geschichte von Abla, der sechsten Frau des Großvaters.

Drei brutheiße Sommer waren verstrichen, seit der Großvater Sultana gegen seine Tochter eingetauscht hatte. Die Kreuznacht kündigte einen regenreichen Winter an. Vier der sechs Salzhäufchen waren fast verschmolzen.

Die Männer bestellten hoffnungsvoll die Felder, und die Frauen besserten ihre Winterzelte aus. Da und dort wurde eine morsche Zeltbahn durch eine neu gewobene ersetzt. Schon im ersten Wintermonat zogen die Wolken auf. Hagelkörner, groß wie Ziegenperlen, trommelten auf die schwarzen Zeltdächer. Die Wintermonate brachten viel Regen, und beim vierten Salzhäufchen begann es gar zu schneien. Die schwarzen Zelte bekamen weiße Rücken. Viele Zelte brachen unter der schweren Last zusammen. Es war eng in den Zelten, denn die Tiere suchten Schutz vor der klirrenden Kälte. Vor allem die trächtigen Kamelstuten drängten sich in die Zeltwinkel, um dort ihre Jungen zu werfen. Man legte gewobene Teppiche über die Höcker der Kamele. Dennoch erfroren einige neugeborene Kamele kurz nach der Geburt. Und auch viele Zicklein verendeten. Der Futtervorrat wurde knapp.

Die Zeltbewohner kauerten dicht gedrängt um die Feuerstellen und schlürften heiße Milch. Die Milchschalen wärmten ihre Hände. Der Winter war hart, doch die Hoffnung auf die Frühlingsweide und auf die reiche Ernte tröstete über die Schneezeit hinweg.

Als der Frühling den Winter ablöste und die erste Frühlingssonne ihre Strahlen auf die feuchten Zelte warf, stiegen Dampfsäulen empor. Ein geschäftiges Treiben begann, und bald waren die harten Wintertage vergessen. Teppiche und Decken wurden über die Zeltseile ausgebreitet. Die verrauchten Gewänder und Kleider wurden gewaschen. Duft von Olivenseife verströmte, als sie im Winde flatterten. Die Tiere genossen die warme Frühlingssonne. Junge Kamele machten Rennen, Zicklein sprangen munter hin und her, und die Glucken führten ihre Küken auf der Frühlingsweide spazieren. Man saß vor den Zelten, und mit wohlwollenden Blicken folgte man den weidenden Herden.

Ein grüner Schleier bedeckte das Gesicht der Erde. Mit prallen Eutern kehrten am Abend die Tiere von der Weide zurück. Und statt des Schnees zierten nun Tabletts voll Ziegen- und Schafskäse die Zeltrücken. Auch Sauermilch und Butter gab es in Hülle und Fülle.

Die Ähren schossen in die Höhe. Man erwartete die größte Ernte seit Jahren. Der Großvater ließ in der Nähe seines Brunnens einen Speicher bauen, der so groß war, dass die Ladungen von hundert Kamelen darin Platz fanden.

Das Schneejahr füllte den Speicher. Die Ernte war reichlich, und auch der Brunnen brachte viel Getreide ein. Gewandscheißer stapelte die prallen Säcke im Speicher.

Eines Tages kehrte Gewandscheißer früher als gewöhnlich vom Wasserschöpfen zurück. Im Zelt seiner Mutter legte er sich auf den Teppich und stöhnte.

»Was hast du, mein Augapfel?«, fragte Turfa besorgt.

»Mutter! Ich habe Bauchschmerzen!«, erwiderte Gewandscheißer.

»Das wundert mich nicht! Du schuftest wie ein Esel. Wasserschöpfen ist eine harte Arbeit. Herden von weit her suchen den Brunnen auf. Sogar Tiere der Fellachen stillen ihren Durst bei dir!« Die Mutter seufzte: »Und das alles nur für die vielen Zelte deines Vaters. Sie wachsen wie Unkraut!«

Gewandscheißer löste seinen Gürtel.

Die Mutter wiegte ihren Kopf hin und her: »Zieh dein Gewand aus!«

Der Sohn legte sein Gewand beiseite und legte sich

auf den Rücken. Turfa tastete besorgt seinen Bauch ab. Sie drückte da und dort: »Hast du hier Schmerzen? Oder da?«

»Überall hab ich Schmerzen«, klagte Gewandscheißer.

»Ich hole die alte Zahaneh. Sie kennt sich mit Bauchschmerzen am besten aus!« Die Mutter fuhr fort: »Ruh dich derweil auf dem Teppich aus.« Gewandscheißer schloss seine Augen, und bald wurde es still im Zelt.

Während Gewandscheißer schlief, traf Turfa mit der Alten ein. »Mein Sohn, wach auf! Zahaneh ist da!«

Gewandscheißer rieb sich die Augen. Dann erhob er sich und reichte der Alten die Hand. Diese musterte ihn von allen Seiten. Ein Lächeln huschte über ihr eingefallenes Gesicht: »Du bist ein Mann geworden! Und dabei kommt es mir so vor, als hätte ich dich gestern erst aus dem Bauch deiner Mutter gezogen! Lass mich deinen Bauch sehen!« Die Alte ließ sich neben Gewandscheißer nieder. »Wenn ich deine Bauchschmerzen heile, bekomme ich dann bei deiner Hochzeit ein Kleid?«

»Versprochen!«

Die Alte ließ ihre knöchernen Hände über den Bauch gleiten. Sie drückte hier und da, und Gewandscheißer krümmte sich vor Schmerzen. »Schwanger wirst du wohl nicht sein!«

Die Alte kratzte sich an der Stirn: »Ich brauche ein Ei!« Die Mutter kroch in das Hühnerhaus, und kurz darauf erschien sie mit einem Ei. Zahaneh nahm das Ei in die Hand und hielt es gegen die Sonne. Ihre Lider weiteten sich. Ihr Blick wurde starr. Sie schüttelte den Kopf: »Dieses Ei taugt nicht! Es wurde bebrütet, und bald schlüpft ein Küken.« Sie legte das Ei zur Seite. »Gib mir ein anderes!«

Turfa brachte der Alten ein anderes Ei. Sie musterte es und war zufrieden. »Wir können beginnen!«

Die Alte schlug das Ei über dem Bauch des Liegenden auf. Ihre Blicke folgten dem Eigelb, das auf dem Bauch hin und her rollte. Oberhalb des Bauchnabels beendete das Eigelb seine Reise und platzte. Zahaneh drückte auf diese Stelle: »Tut es hier besonders weh?«

»Hier wohnen die Schmerzen!«, bestätigte Gewandscheißer. Die Alte grinste. Ihr Goldzahn blitzte: »Das Eigelb zeigt die Wahrheit an.« Und sie fuhr fort: »Ich habe mich nach einer Augenkrankheit einmal verguckt. Das Ei, das ich aufschlug, war bebrütet, und ein Küken hüpfte über den Bauch des Kranken! Seitdem bin ich vorsichtig!«

»Und was machen wir jetzt mit den Schmerzen?«, wollte die Mutter wissen.

»Ich brauche einen frischen Kuhfladen!«, erwiderte die Alte. »Geh heute Abend zum benachbarten Zeltlager. Sie haben Kühe. Beobachte die Tiere, und wenn eine Kuh ihren Schwanz reckt, dann fange den Kuhfladen auf!«

Als die Frühlingssonne hinter den Dünen versank, saß Turfa inmitten der Kühe. Sie hielt ihre Schüssel im Schoß und beobachtete die weidenden Tiere. Kaum reckte die erste Kuh ihren Schwanz, hielt Turfa blitzschnell ihre Schüssel darunter, bis sie randvoll war.

Eiligen Schrittes kehrte sie in ihr Zelt zurück. Die Alte erwartete sie bereits. »Diese Menge reicht für einen Kamelbauch aus!«, lachte sie, als sie die Schüssel erblickte. Die Alte kippte den Schüsselinhalt über den Bauch und verteilte die Ladung: »Die Kühe stehen gut im Futter. Die Weide ist in diesem Jahr üppig!« Nachdem sie den Bauch mit einer Schicht Kuhfladen bedeckt hatte, fragte sie Gewandscheißer: »Spürst du die Wärme?«

»Ja, ja!«

»Wärme heilt«, sagte Turfa.

Zahaneh nahm ein großes Tuch und wickelte Gewandscheißer samt den Kuhfladen ein. »Die Kuhfladen werden die Schmerzen aufsaugen! Morgen bist du gesund!« Die Alte griff nach ihrem Stock. »Eine glückliche Nacht wünsche ich dir!«

»Bis morgen!«, sagte Turfa.

»Bis morgen!« Die Alte entfernte sich.

Am folgenden Morgen kehrte die Alte wieder. »Wie hast du geschlafen?«, erkundigte sie sich bei Gewandscheißer.

»Ich habe wunderbar geschlafen. Eben bin ich erst aufgewacht!«, erwiderte dieser.

»Die Wärme hat geholfen!« Die Alte musterte Gewandscheißer: »Nun will ich mir deinen Bauch ansehen.« Zahaneh löste das Tuch. Ihre knöchernen Finger streiften wie Gabeln über den Bauchnabel. »Dieser Kuhfladen ist weich wie Teig«, bemerkte die Alte. Nachdem der Bauch gesäubert war, fragte Zahaneh Gewandscheißer: »Was machen die Schmerzen?«

»Sie sind weg!«

Die Alte suchte die Stelle, wo das Eigelb geplatzt war. »Tut es hier noch weh?«

Gewandscheißer schüttelte den Kopf.

»Das hätten wir!«

Turfa brachte einen Krug voll Wasser, und die Alte wusch ihre Hände. Sie kramte ihren Tabaksbeutel hervor: »Jetzt habe ich eine Zigarette verdient!« Sie drehte sich eine Zigarette, die sie mit einer glühenden Ziegenperle anzündete. Genüsslich nahm sie einen tiefen Zug. »Wann werde ich wohl das Kleid bekommen?«, sinnierte die Alte.

»Ich werde die Sache mit seinem Vater besprechen. Es gibt anderes im Leben, als nur Wasser zu schöpfen!«, sagte die Mutter.

»Das stimmt! Es gibt eine bessere Wärme als die von Kuhfladen! Wenn man diese Wärme hat, schläft man noch tiefer …« Ein Lächeln huschte über das Gesicht der Alten.

Der Großvater, der die Nacht bei Chaula verbracht

hatte und gerade das Zelt betrat, um nach seinem Sohn zu schauen, hörte diese Worte. »Wie gehts dem Kranken?«, erkundigte er sich.

»Er ist gesund wie ein junges Kamel! Ich habe ihn geheilt!«, erwiderte die Alte.

»Allah möge deine Tage verlängern!«, wünschte ihr der Großvater.

Zahaneh hob ihren Kopf: »Ich bin eine hochbetagte Frau! Meine Tage sind gezählt.« Die Alte blickte den Großvater an: »Gewandscheißer hat mir ein Kleid versprochen, wenn er heiratet. Wer weiß, ob ich seine Hochzeitsnacht noch erlebe!«

Der Großvater lächelte: »Der Tod möge dich vergessen!« Und er fuhr fort: »Du wirst dein Kleid bekommen.«

Eines Nachts, als der Großvater spät vom Männerzelt zu Turfa kam, lag diese mit offenen Augen auf dem Lager. Als er sich zu ihr niederließ, wandte sich Turfa an ihn: »O Vater meiner Kinder! Mein ältester Sohn hat das Mannesalter erreicht. Er öffnete mir sein Herz!«

»Ich habe auch daran gedacht«, erwiderte der Großvater. »Mein Beutel ist voll Münzen, und der Speicher ist randvoll.«

»Ich sehne mich nach Enkelkindern.«

»Hat er ein bestimmtes Mädchen im Kopf?«, wollte der Großvater wissen.

»Das kann er dir selbst erzählen«, erwiderte Turfa.

Am nächsten Tag nahm der Großvater seinen Sohn beiseite: »Bald wird es ein Hochzeitsfest geben.«

Gewandscheißer senkte seine Blicke.

»Wen hast du denn im Auge?«

Gewandscheißer zögerte mit der Antwort. Der Großvater ermunterte ihn: »Mein Sohn, ich kann jede Brautgabe für dich aufbringen.«

»Ich habe am Brunnen unzählige Mädchen gesehen von verschiedenen Stämmen. Von ihnen allen möchte ich nur eine heiraten.«

»Heraus mit der Sprache, wer ist sie?«

»Die Tochter von Abu Ramadan!«

»Deine Wahl spricht für einen edlen Geschmack. Ihre Schönheit wird gerühmt, und ihre Sippe genießt hohes Ansehen. Ihre Abstammung ist edel!« Der Großvater strich seinem Sohn über die langen Haarzöpfe. »Für meinen Erstgeborenen soll mir nichts zu teuer sein. Der Brautvater wird bekommen, was er verlangt!«

Am Abend im Scheichzelt erzählte der Großvater von seinem Vorhaben.

»Es gibt viele Mädchen in unserem Stamm«, bemerkte der Stammesälteste. »Warum soll die Braut aus einem fremden Stamm kommen?«

»Die Brautgabe wird hoch sein. Viele Männer konnten ihre Brautgabe nicht aufbringen«, wandte der Scheich ein.

»Habt ihr vergessen, dass unsere Vorfahren Verbündete dieses Stammes waren? Und die Sippe von Abu Ramadan ist uns ebenbürtig in Abstammung. Eine Heiratsverbindung, die dem alten Bündnis neue Kraft gibt, kann unserem Stamm nur nützen.« Und der Großvater fuhr, an den Scheich gewandt, fort: »Ich will meine Münzen nicht horten. Wenn die Brautgabe auch hoch ist, so ist doch unser Gewinn höher: Ein starker Freund stärkt dich, und ein schwacher schwächt dich.«

»Wenn du dich nicht scheust, die Brautgabe aufzubringen, dann soll es uns recht sein«, stimmten die Männer zu.

Am folgenden Tag ritten der Großvater und Männer des Stammes zu Abu Ramadan. Der Beutel voll Goldmünzen im Gewand des Großvaters war so dick wie die Backe eines brünstigen Kamels. Die Brautverhandlungen dauerten nicht lange, denn der Großvater zeigte sich großzügig. Er zog seinen Beutel und reihte eine Münze an die andere, bis hundertundeine Goldmünze vor dem Brautvater auf dem Teppich lagen.

Das Hochzeitsfest von Gewandscheißer wurde groß gefeiert. Gäste von nah und fern suchten das Hochzeitszelt auf. Nicht nur eine Schar von Schafen wurde geschlachtet, sondern auch ein Kamel. Stolz erfüllte Turfa an diesem Tag. Sie hatte das Brautzelt ihres Sohnes aufgeschlagen. Ihre Stickereien schmückten das Hochzeitslager.

Am Tage wurden Kamel- und Pferderennen abgehalten, und am Abend, als der Mond sein Licht über das Brautzelt warf, wurde getanzt. Die Männer, in ihre teuersten und besten Gewänder gehüllt, tanzten in langen Reihen. Vor jeder Reihe tanzte eine Frau mit einem Schwert in der Hand.

Eine der Tänzerinnen wusste das Schwert besonders anmutig zu bewegen. Es tanzte in ihrer Hand. Sie war groß und schlank. Ihr reich besticktes Kleid hielt ein mit Muscheln verzierter Gürtel zusammen. Die Münzen ihrer Ketten klimperten, wenn sie ihre Hüften schwang, und ihre Fußspangen klirrten bei jedem Tanzschritt.

Die Reihe der Männer, die vor ihr tanzten, wurde immer länger. Wenn die Männer sich der Tänzerin näherten, rückte sie zurück. Und wenn einer sie berühren wollte, wehrte sie ihn mit dem Schwert ab.

Der Großvater war so verzaubert von der Tänzerin, dass er bis zum Anbruch der Morgenröte tanzte. Erschöpft ließ er sich auf Aischas Lager nieder und schlief, bis die Sonne über dem Brautzelt stand.

Als der Bräutigam in der folgenden Nacht zu seiner Braut geführt wurde, verfielen die Männer in einen Tanzrausch. Sie umzingelten die Tänzerin. Jeder dichtete Verse auf sie. Der Großvater flüsterte ihr zu:

»Ich wünschte, ich wär ein Vogel
und flöge mit dir davon!«

Die Hochzeitstage gingen zu Ende. Das Brautzelt von Gewandscheißer wurde abgeschlagen. Turfas Zelt wurde um einige Bahnen vergrößert, und das neu vermählte Paar bezog ein Abteil des großen Zeltes.

Die Braut stapelte ihre Matratzen und Teppiche und richtete eine Schlafecke ein. Ihre bestickten Kleider hängte sie über eine Zeltstange. Die Feuerstelle in der Mitte des Zeltes benutzten Turfa und ihre Schwiegertochter gemeinsam. Turfa war stolz auf die Schönheit und Geschicklichkeit ihrer Schwiegertochter. Sie war voll des Lobes, wenn sich die Frauen des Großvaters nach der Braut erkundigten. Doch sie warnte auch ihre Schwiegertochter: »Wenn dein Ohr taub ist für Gerede, werden wir gut miteinander auskommen.«

Und auch Gewandscheißer mahnte seine Frau: »Halte dich von den Angelegenheiten der Zelte meines Vaters fern. So wirst du Respekt genießen, und wir sparen uns Ärger!«

Alltag kehrte ein in das Stammeslager, doch der Großvater konnte die Hochzeit nicht vergessen. Das Bild der Tänzerin schwebte vor seinen Augen und raubte ihm die Ruhe. Schließlich suchte er die alte Zahaneh auf, die Gewandscheißer mit Kuhfladen geheilt hatte.

Nach dem Gastschälchen überreichte er ihr das versprochene Kleid. Die Alte ließ den Stoff durch ihre Finger gleiten und musterte die Farben.

»Bist du zufrieden?«, fragte der Großvater neugierig.

»Es ist ein würdiges Geschenk! Allah möge Gewandscheißer mit Nachkommen segnen!«

Der Großvater hüstelte verlegen: »Dein Umhang ist morsch. Ich habe auf dem Bazar einen Umhang gesehen, der genau zu deinem Kleid passen würde!«

Die Alte wurde hellhörig. »Hast du Bauchschmerzen?«

»Nein. Diesmal sollst du keine Kuhfladen kneten! Kennst du die schöne Tänzerin?«

Die Alte verzog verschmitzt den Mund: »Es ist meinen Blicken nicht entgangen, wie du ihre Nähe gesucht hast. Du warst ungestüm wie ein Kamel in seinem ersten Jahr!«

»Erzähl mir von ihr!«, bat der Großvater.

»Die Tänzerin heißt Abla. Unter meinen Händen hat sie das Licht der Welt erblickt. Hast du ihre Augen gesehen? Allah nahm sich Zeit, als er sie erschuf!«

Der Großvater lauschte mit glühenden Wangen.

»Abla war verheiratet mit einem Mann aus einem fremden Stamm. Doch die Ehe brachte ihr kein Glück. Vom ersten Tag an gab es Zank und Streit. Abla kehrte schließlich zu ihrer Sippe zurück und verlangte die Scheidung, doch ihr Mann lehnte die Scheidung ab. Ein Scheich aus dem Nachbarstamm bot seine Vermittlung an. Und so trafen sich Ablas Sippe und die Sippe des Mannes bei dem Scheich. Ablas Sippe verlangte die Scheidung, wohingegen die Sippe des Mannes Ablas Rückkehr verlangte. Der Scheich hörte sich die Argumente beider Seiten an und empfahl dann die Scheidung.

Als sich der Mann erneut weigerte, erschien Abla vor dem Männerzelt: ›O würdiger Scheich! Wenn mein Mann zu feige ist, die Scheidungsformel auszusprechen, werde ich es tun!‹ Sie wandte sich an ihren Mann: ›Du bist geschieden! Geschieden! Geschieden! Und alle Anwesenden sind meine Zeugen!‹

Das Gesicht des Mannes wurde fahl wie das Mondlicht in einer Winternacht! Da er sein Gesicht verloren hatte, blieb ihm nichts anderes übrig, als der Scheidung zuzustimmen. Das ist die Geschichte von Abla!«

Der Großvater, der atemlos gelauscht hatte, sprach zur Alten: »Mein Herz gehört Abla!«

»Du bist nicht der Erste, der ihrem Reiz erliegt!«

»Bei Allah, der Umhang ist dein, wenn Abla meine Braut wird!«

Die Alte kratzte sich an der Nase: »Ich werde mein Bestes tun!«, versprach sie.

»Die Sache bleibt unter uns!«

»Mein Sohn, ich bin alt genug! Ich habe weder das Kamel noch den Kameltreiber gesehen.«

Gleich besattelte Zahaneh ihren Esel, um sich auf den Weg zu Ablas Stamm zu machen.

Abla empfing die Alte. Ihr Esel wurde am Zeltpflock angebunden, und bald verschwand sein Kopf im Gerstenkorb. Abla, die Geschiedene, bewohnte ein eigenes

Zelt, das neben dem Zelt ihres älteren Bruders stand. Ihre Eltern waren früh verstorben.

Abla führte die Alte ins Zelt. Nach der üblichen Begrüßung begann Zahaneh zu erzählen. Sie lenkte das Gespräch auf das vergangene Fest: »War es nicht das größte Hochzeitsfest seit Jahren?«

Abla stimmte ihr zu: »Lange habe ich nicht mehr so ausgelassen getanzt!«

»Dein Schwerttanz hat die Männer verzaubert! Alle Männer meines Zeltlagers sind deine Gefangenen!«

Ein Frühlingshauch strich über Ablas Wangen.

Die Alte war nicht sparsam mit Worten. Wie Perlen einer Kette reihte sie Kompliment an Kompliment. Und die Worte der Alten erreichten Ablas Herz.

Es verstrich geraume Zeit, bis Zahaneh das Gespräch auf Ablas Zukunft brachte. Der Esel hatte inzwischen den Gerstenkorb leer gefuttert und schlürfte nun einen Sack voll Wasser. »O Abla! Ich kannte deine Mutter gut. Sie ist jetzt im Hause der Gerechtigkeit, und ich bin im Hause der Ungerechtigkeit!« Die Alte räusperte sich.

»Lass die Toten ruhen. Allah möge dir ein langes Leben schenken!«

»Du hast recht, Trauer macht das Leben kurz. Und was gibt es Besseres als die Tage der Feste!«

Die Alte ergriff Ablas Hand: »Meine Tochter! Schönheit und Jugend sollten nicht brachliegen!«

Abla stützte ihr Kinn auf die Hand und schaute die

Alte nachdenklich an. »Willst du nicht irgendwann wieder heiraten?«, fuhr Zahaneh fort.

»Ich war unglücklich mit meinem Mann.«

»Ich weiß! Ich weiß!«, sagte die Alte. »Aber soll denn dieses Haar, dicht wie ein Wald und dunkel wie die Nacht, alleine auf dem Kopfkissen ruhn? Nicht alle Männer sind gleich!«

Abla strich über ihren Haarzopf. Ihre Hand glitt bis zum Gürtel ihres Kleides.

»Schau dir meine grauen Haare an!« Die Alte griff zu ihrem dünnen Haarzopf. »Mein Zopf ist kürzer als ein Ziegenschwanz, und eine Eselladung voll Henna kann seine Farbe nicht mehr ändern! Irgendwann werden alle schwarzen Haare grau! Die Jugend ist verführerisch!«

Ablas Miene war nachdenklich. Der Moment schien geeignet, um dem Ziel einen Schritt näher zu kommen. »Dein Tanz hat ein Herz gefangen genommen!«

»Wessen Herz?«

»Ist es nicht unwichtig? Du willst doch nicht heiraten!«

Abla besann sich auf das Hochzeitsfest. Die lange Reihe der tanzenden Männer erstand vor ihren Augen. Sie sah die gierigen Blicke, die jedem ihrer Tanzschritte folgten.

Die Gestalten der Männer rückten näher. Das Mondlicht erhellte ihre Gesichter. Ein Augenpaar heftete sich auf ihre Gestalt. Ihre Blicke trafen sich. Er trug ein schneeweißes Gewand, und an seinem Gürtel hing ein silberbeschlagener Dolch. Er war größer als die anderen Männer, und doch berührten seine Haarzöpfe den Sand, wenn er sich beim Tanzen auf die Knie ließ. Das Bild des Mannes wurde immer klarer in Ablas Augen. Sie konnte sogar den blitzenden Ring an seinem Finger sehen. Sein Antlitz strahlte. In ihren Ohren klangen seine Verse wider.

Die Alte las in Ablas Augen.

»Du meinst den großen Mann mit dem Dolch!«, wandte sich Abla an die Alte.

»Sein Herz ist bei dir!«

»Hat er nicht viele Zelte?«

»Er hat viele Zelte, aber er hat auch viele Münzen! Manche Männer taugen nicht einmal für eine Frau«, erwiderte die Alte.

»Erzähl mir von ihm!« Und die Alte schilderte den Großvater von seiner besten Seite.

»Ich muss mir die Sache überlegen!«, sagte Abla, als sich die Alte vor der Abenddämmerung verabschiedete.

Als die Alte den Esel vor ihrem Zelt anpflockte, sah sie im Augenwinkel eine Gestalt kommen. Es war der Großvater. »Du warst lange fort«, flüsterte er.

»Eine Vermittlung, die lange währt, gibt Hoffnung!« Sie nahm den Großvater in den Zeltwinkel und berichtete ihm von ihrem Besuch.

»Wann machst du deinen nächsten Eselsritt?«

»Geduld ist weise. Man erntet, wenn die Frucht reif ist!« Sieben Tage verstrichen. Und als der Esel zum zweiten Mal von Ablas Zelt zurückkehrte, waren seine Satteltaschen nicht leer. Zahanehs Vermittlung war erfolgreich. Glücklich nahm der Großvater die Nachricht entgegen.

Am gleichen Abend noch nahm der Großvater den Scheich beiseite und bat ihn, ihn bei den Brautverhandlungen zu begleiten. Gleichzeitig nahm er ihm das Versprechen ab, Stillschweigen zu bewahren. Erst als sie von den Brautverhandlungen zurückkehrten, gab der Großvater seinen Entschluss bekannt.

Und so wurde Abla die sechste Frau des Großvaters.

Die Aufregung unter seinen Frauen war groß. Sultana war außer sich. Wutentbrannt packte sie ihren Schmuck und kehrte in das Zelt ihrer Mutter zurück.

»Hast du Streit mit deinem Mann?«, erkundigte sich der Vater.

»Mein Mann will Abla, die Tänzerin, heiraten.«

»Ist das wahr?«

»Die Brautgabe ist bereits bezahlt.«

»Ich war von Anfang an gegen diese Ehe«, schaltete sich die Mutter ein. Antar war wütend: »Das ist kein Grund, dein Zelt zu verlassen! Die Braut ist noch bei ihrer Sippe, und du suchst schon das Weite!«

»Meine Tochter bleibt bei mir!«

»Das will ich nicht mehr hören«, brauste Antar auf.

»Wenn Sultana bei dir bleibt, holt er seine Tochter

zurück!« Nach langem Hin und Her ließ sich Sultana dazu bewegen, zu ihrem Mann zurückzukehren.

Der Großvater war indessen auf dem Bazar, um für die alte Zahaneh den Umhang zu kaufen. Als er ins Zeltlager zurückkehrte, war Mittagszeit, und die Frauen brachten ihm zu essen.

Der Großvater trank einen Schluck aus der Milchschale und brach das Fladenbrot. Er tunkte das Brot in den Salat und schob es in den Mund.

»Der Salat hat einen seltsamen Geschmack«, murmelte er. Beim zweiten Bissen stutzte er wieder. In großem Bogen spuckte er den Bissen aus: »Die Soße schmeckt nach Blut!« Er sprang auf wie ein wildes Kamel, griff zum Wassersack und spülte seinen Mund.

Aischa ergriff die Schüssel und hielt sie unter ihre Nase: Das riecht nach Menstruationsblut!«

Das Gesicht des Großvaters wurde gelb wie eine Zitrone. »Wer hat den Tomatensalat zubereitet?«

»Mein Vetter, ich habe den Salat zubereitet, doch das Blut ist nicht von mir. Als ich am Brunnen war, muss jemand mein Zelt betreten haben. Irgendjemand will dir schaden!«

Chaula, die die lauten Worte gehört hatte, eilte herbei. »Wie gut, dass du nicht alles aufgegessen hast!«

Der Großvater rief seine Frauen zu sich. Er hielt die Schüssel in seinen Händen. »Seit wann menstruiert der Salat?«

Die Frauen schwiegen.

Er wandte sich an Sultana: »Hast du nicht deine Tage?« Sultana nickte.

»Und du, Fatima?«

»Ich habe meine Tage. Aber glaubst du denn, dass wir die einzigen Frauen im Zeltlager sind, die ihre Tage haben?«

Vergeblich versuchte der Großvater, die Wahrheit ans Licht zu bringen. Wutentbrannt schleuderte er die Schüssel zu Boden. Fluchend verließ er das Zelt.

Am Abend suchte der Großvater die alte Zahaneh auf. Er reichte ihr den Umhang: »Hab Dank für deine Hilfe!«, sagte er. Die Alte musterte ihn: »Was bedrückt den Bräutigam?«

Der Großvater erzählte ihr, was ihm heute widerfahren war.

Die Alte nickte nachdenklich mit dem Kopf. »Mein Sohn, das Menstruationsblut bringt Unheil und Krankheit. Wie gut, dass du die Schüssel nicht leer gegessen hast!« Die Alte seufzte: »Die alten Beduinen aßen Datteln und tranken Kamelmilch. Sie hatten keine Tomaten.«

Seit diesem Tag mochte der Großvater keinen Tomatensalat mehr!

Bald brachte das Brautkamel Abla. Es war im Schneejahr, als sie die sechste Frau des Großvaters wurde.

Raiqa

Meine kleinen Löwen, heute Abend ist die Geschichte der siebten Frau des Großvaters an der Reihe.

Einige Jahre waren verstrichen, seit das Brautkamel die schöne Abla geholt hatte. Sie gebar dem Großvater eine Tochter und einen Sohn, der jedoch gleich nach der Geburt starb. Auch Chaula und Sultana brachten Kinder zur Welt. Chaula gebar zwei Söhne und Sultana Zwillinge, eine Tochter und einen Sohn.

So vermehrten sich mit den Jahren nicht nur die Zelte des Großvaters, sondern auch seine Nachkommenschaft. Allah segnete den Großvater mit Reichtum. Und nach und nach genoss er höchsten Respekt in den Augen seiner Sippe. Er half den Bedürftigen in der Not, und seine Großzügigkeit wurde gerühmt. Sein Ruf drang weit über die Stammesgrenzen hinaus.

Eines Tages versammelten sich die Männer im Scheichzelt. Es war an einem der letzten Tage des Frühlings. Die Ähren standen kurz vor der Ernte. Die Gräser waren schon vergilbt. Allmählich wurden die Tage länger. Einige der Männer hatten bereits ihre Sicheln geschliffen, andere rieben ihre Hände mit Henna ein, um bei der Feldarbeit schmerzlichen Blasen vorzubeugen.

Der Stammesälteste nahm aus der Tasche seines Gewandes ein Wollknäuel, so groß wie ein Straußenei. Seine Frau hatte für ihn die Fäden aus Kamelwolle gesponnen. In der anderen Tasche kramte er nach einer Nadel, und bald machte er sich ans Werk. Er wollte ein kleines Käppchen anfertigen. Die Männer trugen solche Käppchen unter ihrer Kopfbedeckung zum Schutz gegen die glutheiße Sonne.

Der Alte war flink. Eifrig häkelte er eine Runde nach der anderen, und bald nahm sein Werk Form an. Währenddessen griff der Scheich nach der Schere und begann, seinen Kindern die Haare zu schneiden.

Als die Sonne über der Brunnenöffnung stand, war der Stammesälteste mit der Arbeit fertig. Stolz schwenkte er das Käppchen: »Ist das nicht ein Meisterstück?« Er legte seine Kopfbedeckung beiseite und setzte das Käppchen auf. Es reichte ihm bis in die Stirn. Die Runde lachte.

»Ist das Käppchen nicht zu groß für deinen Kopf?«, bemerkte der Scheich.

Der Stolz des Alten über sein Meisterwerk ließ nach. Er schüttelte verdrießlich den Kopf.

»Mir passt es vielleicht besser«, sagte der Großvater. Er setzte das Käppchen auf. Es passte wie angegossen. »Es gibt Männer, die die Größe ihres Kopfes überschätzen«, stichelte er.

»Der Kopf des Alten ist womöglich seit dem letzten Käppchen geschrumpft«, bemerkte ein Kamelhirte.

Die Worte des Großvaters ärgerten den Alten. »Wir wollen ein Spiel machen!«, schlug er dem Großvater vor. »Ich setze das Käppchen und du deinen Dolch!«

»Welches Spiel?«

»Das Käppchenspiel!«

Der Großvater war einverstanden. Es war ein Spiel, das Geschicklichkeit und Gelenkigkeit verlangte.

Das Käppchen wurde auf den Boden gelegt. Der Großvater war als Erster dran. Er stand auf seinem rechten Bein, winkelte das linke an und hielt es mit der Hand fest. Und nun musste er versuchen, das Käppchen mit den Zähnen hochzuheben. Er beugte sein Knie und krümmte seinen Rücken. Er näherte sich dem Käppchen, doch bevor er es fassen konnte, fiel er zu Boden. Der Alte lachte: »Du bist groß, und deine Beine sind schwach!« Auch der zweite Versuch scheiterte. Für den letzten Versuch sammelte der Großvater all seine Kräfte. Sein edler Dolch stand auf dem Spiel. Ganz sachte krümmte er seinen Rücken. Je mehr er sich dem Käppchen näherte, desto größer wurden die Augen des Stammesältesten. Mit letzter Kraft erhaschte der Großvater das Käppchen. Er hielt es zwischen den Zähnen und richtete sich langsam auf.

»Sehr gelenkig!«, riefen die Männer.

»Seit seiner Heirat mit der Tänzerin werden seine Knochen immer weicher!«, schmunzelte einer.

Nun war der Alte an der Reihe.

Das Käppchen wurde zum zweiten Mal auf den Boden gelegt. Der Stammesälteste löste seinen Gürtel und leerte seine Taschen. Er stand auf einem Bein wie ein Storch. Der Alte krümmte sich. Es schien, als könnte er das Käppchen greifen, doch kurz vor dem Ziel verlor er das Gleichgewicht. Der Alte erhob sich. Er warf einen Blick auf den wertvollen Dolch. Auch der zweite Versuch brachte dem Alten kein Glück. »Du hast damals das Ei gewonnen, und jetzt geht es um den Dolch!«, feuerten ihn die Männer an.

Der Stammesälteste griff zum Wassersack. Die Anstrengung stand ihm ins Gesicht geschrieben. Er setzte seine Hoffnung auf den letzten Versuch. Dieses Mal bog sich der Alte wie eine Ziege vor dem Bock. Er näherte sich dem Ziel. Seine Lippen berührten das Käppchen.

»Noch einen Fingerbreit tiefer!«, ermunterten ihn die Männer.

Die Lippen des Alten zitterten, sein Speichel triefte auf das Käppchen. Als er zuschnappen wollte, donnerte ein Furz unter seinem Gewand, und er stürzte zu Boden.

Die Männer schüttelten sich vor Lachen. Der Alte wurde wild. »Ich hätte gestern die Linsensuppe nicht essen sollen«, fluchte er.

Die Kinder, die das Spiel beobachtet hatten, liefen kreuz und quer durch das Zeltlager. »Der Stammesälteste hat einen Furz gelassen. Wir errichten ein Denkmal an der Stelle!« Jedes Kind brachte einen Stein, und bald türmte sich ein kleiner Steinhaufen im Zelt.

Der Großvater nahm das Käppchen in Empfang, und der Alte zog sich grummelnd in den Zeltwinkel zurück und stopfte sein Pfeifchen. »Was für schlechte Zeiten! Die Kinder haben keinen Respekt mehr vor dem Alter«, murmelte er.

Nach geraumer Zeit sagte der Scheich: »Jetzt haben wir eine Runde Kaffee verdient.«

Ein Mann röstete die Bohnen über dem Feuer. Bald hallte der Kaffeemörser im Zeltlager wider. Als der Kaffee in der Schnabelkanne brodelte, sah man eine Luftblase aufsteigen. Sie wurde immer größer und stand schließlich wie eine Kuppel über der Kannenöffnung.

»Die Blase kündigt einen Gast an«, sagte der Kadi. »Es muss ein hochrangiger Gast sein. Seht ihr nicht, wie groß die Blase ist?«

Der Scheich blickte durch die Zeltöffnung in die Ferne. Er schob die Kanne an den Rand der Feuerstelle.

Während sich der Kaffee ausruhte, erschien die Hebamme vor dem Männerzelt: »Wo ist Gewandscheißer?« Der Angesprochene erhob sich.

»Der Gast ist da! Allah hat dir einen Sohn geschenkt!« Gewandscheißer umarmte die Alte: »O Überbringerin glücklicher Nachricht. Ab heute dürfen deine Ziegen ohne Gabe ihren Durst am Brunnen stillen!«

Die Männer beglückwünschten den Vater.

Der Stammesälteste wandte sich an den Großvater: »Die Luftblase hat die Ankunft deines Enkels angekündigt! Er ist am Tage des Furzes geboren!«

Das Tablett mit den Kaffeeschälchen machte seine Runde im Männerzelt. Der Kadi ergriff das Wort: »Dieser Tag ist ein denkwürdiger Tag in der Geschichte unseres Stammes! Mit der Geburt des Sohnes von Gewandscheißer erreicht unsere Sippe die fünfte Generation!« Der Kadi begann, an seinen Fingern die Generationen aufzuzählen.

»Nach dem Recht der Wüste spaltet sich eine Sippe, wenn sie fünf Generationen erreicht hat!«

»Du hast recht!«, bestätigten die Männer. Und so verständigten sie sich darauf, die Trennung zu vollziehen.

Beim nächsten Vollmond versammelten sich die Männer der Sippe im Zelt eines benachbarten Stammes. Der Stammesälteste legte dem Scheich die Generationenfolge dar. Der Scheich bezeugte die Spaltung der Sippe in zwei Linien. Und somit wurde sie rechtskräftig. Seit diesem Tag haftete jede Sippe bei Blutrache nur für die Mitglieder der eigenen Linie. Spät in der Nacht kehrten die Männer vom benachbarten Zeltlager zurück.

In dieser Nacht besuchte der Großvater das Zelt von Aischa. Aischa erwartete ihn bereits. »Ist die Spaltung der Sippe vollzogen?«

Der Großvater bejahte.

»Wie viel Männer zählt unsere Linie?«, wollte Aischa wissen.

»Siebzig Männer und dreiundvierzig Söhne unter dem Mannesalter!«

»Und die andere Linie?«

»Sie ist größer! Über hundert Männer und mehr als siebzig Söhne!«

»Wie gut, dass du viele Nachkommen hast!«

»Unsere Vorfahren sagten: Überschätze die Zahl der Söhne nicht, denn der Tod ist unberechenbar, und überschätze deinen Reichtum nicht, denn es kommen noch viele Tage!«, bemerkte der Großvater.

»Mein Vetter, mein Beschützer!«, wandte sich Aischa an ihren Mann: »Ich möchte dir einen Rat geben!«

Der Großvater reckte seinen Kopf: »Ich höre! Was meinst du?«

»Jetzt, wo sich die Sippe getrennt hat, solltest du mein Zelt vergrößern. Ein Abteil bewohne ich, und das andere soll für die Männer unserer Linie offen sein. Ich bin die älteste deiner Frauen, die anderen können mir dies Recht nicht streitig machen! In deinem eigenen Zelt wirst du die Gäste empfangen. Die Kaffeekanne wird auf deiner Feuerstelle stehen. Die Männer werden dein Zelt aufsuchen und nicht du das ihre. Das erhöht dein Ansehen und stärkt den Ruf unserer Sippe!«

Aischas Worte fielen auf fruchtbaren Boden. »Meine teure Cousine! Bei Allah, du bist klug! Dein Zelt wird gerühmt werden unter den Stämmen.«

In diesem Sommer wurde die große Herde des Großvaters vor Aischas Zelt geschoren. Ein Berg von Ziegenhaar türmte sich vor dem Zelteingang. Die Frauen des Großvaters und auch andere Frauen des Zeltlagers griffen zu ihren Spindeln und machten sich ans Spinnen. Bald wurden die ersten Zeltbahnen gewoben. Bevor die ersten Regentropfen fielen, war das große Zelt aufgeschlagen. Ein dicht gewobener Vorhang trennte Aischas Wohnbereich vom Männerabteil.

Seitdem empfing der Großvater Besucher in Aischas Zelt. Von nah und fern strömten Gäste herbei, die es bisweilen auch zu beherbergen galt. Mit der Zeit machte Aischa diese Arbeit zu schaffen, denn sie hatte weder Töchter noch Söhne, die ihr helfen konnten. Tag für Tag schleppte sie die vollen Wassersäcke herbei, sie wusch Kissen und Decken und kehrte das große Männerabteil. Ihre Feuerstelle erlosch nie.

Eines Nachts sprach Aischa zum Großvater: »Mein Vetter! Dein Stern steht senkrecht im Herzen des Himmels! Dein Ruf ist in aller Munde! Im Schatten deines Zeltes bekommt der Gast sein Recht, und der Schutzsuchende ist sicher!« Aischa hielt kurz inne: »Das Gastrecht ist mit zahllosen Verpflichtungen verbunden. Ich bin nicht mehr die Jüngste, und die Arbeit fällt mir schwer. Doch ich darf nicht klagen, sonst werde ich zum Gespött der Frauen!«

»Was kann ich für dich tun?«, wollte der Großvater wissen. »Soll ich eine meiner Frauen bitten, bei dir einzuziehen?«

»Nein, mein Vetter! Das bringt nur Ärger mit sich!«

»Dann mach einen besseren Vorschlag. Du wolltest, dass ich ein Männerzelt aufschlage, und jetzt jammerst du?«

»Ich jammere nicht, ich sorge mich um unsere Sippe!«

»Meinst du, mir liegt sie nicht am Herzen? Ich habe viele Zelte, und meine Nachkommenschaft ist zahlreich. Aber was hat das mit der Zeltarbeit zu tun?«

Aischa ergriff die Hand ihres Vetters: »Du solltest noch eine Frau heiraten.«

»Allah hat die Welt in sechs Tagen erschaffen. Und am siebten hat er sich von der Arbeit ausgeruht. Ich habe schon sechs Zelte. Einen Tag möchte ich frei haben!«

»Für die siebte Frau brauchst du kein Zelt aufzuschlagen!«, erwiderte Aischa.

»Und was ist mit dem freien Tag?«, wollte der Großvater wissen.

»Die Sitten erlauben dir, so viel freie Tage zu nehmen. wie du willst! Du kannst dich, wenn immer du willst, ins Männerzelt zurückziehen.«

»Und wer soll die Braut sein?«

»Raiqa, deine Verwandte!«

»Niemand will sie heiraten, und nun willst du sie mir verkuppeln!«

»Mein Vetter, hör mich an!«

»Ich höre!«

»Raiqas Mutter suchte mich gestern auf. Sie hat Sorgen um ihre Tochter, die das Heiratsalter bereits überschritten hat. Raiqa ist zwar nicht schön, aber sie kann Söhne gebären. Die Frauen sprechen über sie: Sie ist wie ein Kamel auf dem Markt, das keinen Käufer findet!«

Aischa schaute ihren Vetter an: »Raiqa ist mir bisweilen schon zur Hand gegangen. Sie ist ein wahrer Arbeitsesel! Und bei ihr brauchst du keine Furcht zu haben. Sie wird dir kein Blut unter den Salat mischen!«

Der Großvater wurde nachdenklich.

»Raiqa ist eine nahe Verwandte von mir. Sie kann in meinem Zelt wohnen«, fuhr Aischa fort.

»Und Raiqa kann dir bei der Zeltarbeit helfen, nicht wahr?«, bemerkte der Großvater.

Aischa nickte. »Nicht nur das! So kannst du auch am besten ihre Ehre schützen!«

Als der Morgen dämmerte, war der Großvater überzeugt, dass Aischas Vorschlag klug war. Und er beschloss, Raiqa zu heiraten.

Und so wurde Raiqa die siebte Frau des Großvaters. Gleich nach dem Hochzeitsfest zog sie in das große Zelt ein. Sie bewohnte zusammen mit Aischa das Frauenabteil. Nachts trennte ein Teppich ihren Bereich von dem Aischas.

Aischa und Raiqa teilten die Zeltarbeit unter sich auf. Wenn eine Fladenbrot buk, kümmerte sich die andere um die Milcharbeit und umgekehrt. Aischa war erleichtert angesichts dieser Hilfe, und Raiqa war Aischa dankbar, dass sie die Ehe in die Wege geleitet hatte. Die beiden Frauen hielten zusammen wie Pech und Schwefel, wenn es in den Zelten des Großvaters Konflikte gab.

Diese vertrauliche Beziehung erweckte bei den anderen Frauen Verdruss. Sie neideten Aischa, dass ihr Zelt das Männerabteil beherbergte. Schiefe Blicke begleiteten das Kommen und Gehen der Gäste. Zudem verbrachte der Großvater immer mehr Nächte im Männerzelt. Die Frauen wurden misstrauisch.

»Jetzt hat unser Mann so viele Frauen, wie die Woche Tage hat!«, bemerkte Fatima. »Immer mehr Nächte nimmt er sich frei!«, klagte Sultana.

Chaula nickte: »Das kommt mir merkwürdig vor. Wer weiß, ob er die freien Nächte tatsächlich im Männerzelt zubringt?«

»Gestern, spät in der Nacht, als der Mond schon untergegangen war, begegnete ich ihm! Als ich ihn fragte, was er zwischen den Zelten zu suchen habe, gab er mir zur Antwort: ›Ich will frische Luft schnappen!‹«

Sultana schaltete sich ein: »Ich habe ihn vorgestern Nacht in der Nähe von Ablas Zelt erwischt. Und als ich ihn fragte, was er in meiner Nacht dort zu tun habe, entgegnete er: ›Ich habe die Zelte verwechselt!‹«

»So geht es nicht weiter!«, sagte Turfa. »Unser Mann muss uns der Reihe nach besuchen! Wenn er sich eine freie Nacht nehmen will, darf er sich keinem der anderen Zelte nähern«, beharrte Turfa.

»Wer weiß, ob er vom Männerabteil zu Aischa oder Raiqa hüpft?«

Als die Frauen den Großvater zur Rede stellten, versprach er hoch und heilig, die Reihenfolge der Nächte einzuhalten: »Ich werde meine Gebetskette um sieben Perlen verlängern, für jede Frau eine. Eure sieben Namen werden an die dreiunddreißig Namen Allahs angereiht. So kann ich die Nächte nicht verwechseln!«

Sultana schüttelte den Kopf. »Irgendwann wirst du klagen, dass du farbenblind bist!«

»Und das nächste Mal, dass du schlafwandelst«, fügte Turfa hinzu.

»Ich habe eine bessere Lösung!«, trumpfte Chaula auf. »Unser Mann kann so viele Nächte im Männerzelt verbringen, wie er mag. Wir werden mit dem Besen um sein Lager fegen. So kann er sich getrost ausruhen. Und wenn er schlafwandelt, werden die Spuren verraten, wohin er geht!« Die Frauen stimmten zu: »Das ist die Lösung! Der Prophet sagte: Erst binde dein Kamel fest, dann vertraue Allah.«

»Ich soll Gefangener sein im eigenen Zelt?«, klagte der Großvater.

»Du suchst doch die Ruhe? So ist es am besten!«, beschieden die Frauen.

Seitdem fegten die Frauen des Großvaters um sein Lager. Und am nächsten Morgen wurde nach Spuren gesucht.

Eines Nachts, als der Großvater auf dem Teppich lag, blickte er zum Zeltdach empor. »Wenn ich doch nur Flügel hätte!«, seufzte er. Als er tags darauf über den Bazar schlenderte, kam ihm eine Idee. Er suchte den Schneider auf und beauftragte ihn, einen Umhang zu nähen. Der Schneider nahm Maß. »Der Umhang soll eine Elle länger sein als üblich«, sagte der Großvater.

Der Schneider schüttelte sein Haupt: »Mein Urgroßvater war schon Schneider. Der Umhang wird auf dem Boden schleifen! Willst du den Wüstensand kehren?«

»Werde ich den Umhang tragen oder du? Eine Elle länger!«, beharrte der Großvater. Der Schneider zuckte die Schultern. »Merkwürdiger Auftrag!«, murmelte er.

Diesen neuen Umhang versteckte der Großvater sorgfältig in seiner Matratze, und wenn er bisweilen in der Nacht heimlich ein Zelt aufsuchte, ließ er seinen langen Umhang hinter sich schleifen.

Drei Vollmonde verstrichen. Die Dreschzeit war zu Ende, und der Speicher des Großvaters war voll Getreide. Frauen und Kinder des Großvaters hatten die reiche Ernte eingebracht. Nach getaner Arbeit saßen alle vor Aischas Zelt beisammen, und jeder trug dem Großvater seine Wünsche vor, denn der nächste Tag war Markttag. Die Jungen wollten neue Gewänder und Pluderhosen, die Mädchen verlangten Ohrringe und Henna und die Frauen Stoffe und Schuhe.

»Mein Kamel wird unter dieser Last zusammenbrechen«, wehrte der Großvater ab. »Eins nach dem anderen. Es ist nicht das letzte Mal, dass ich zum Markt reite!« Und so einigte man sich auf Gewänder für die Söhne, Henna für die Töchter und Schuhe für die Frauen.

»Lasst mich Maß nehmen«, sagte der Großvater. Aus der Tasche seines Gewandes zog er ein Knäuel Schnur. Die Söhne standen in einer Reihe, und der Großvater nahm Maß von der Schulter bis zum Knöchel. Nach jedem Kind machte er einen Knoten in die Schnur.

»Und jetzt die Füße!« Der Großvater maß die Füße seiner Frauen von der Spitze des großen Zehs bis zur Ferse. Nach jedem Fuß verknotete er die Schnur.

In dieser Nacht herrschte in allen Zelten reges Treiben. Viele Zeltbewohner bereiteten sich auf den Markttag vor. Die Kinder rannten nach den Hühnern, um sie einzufangen und in Käfige zu sperren. Frauen suchten die Zeltwinkel nach Eiern ab. Sorgfältig wurden sie in

Körbe gepackt, die mit Stroh ausgelegt waren. Manche Männer füllten ihre Satteltaschen mit Wolle, andere mit Tabak, wieder andere mit getrocknetem Ziegenkäse. All das sollte auf dem Markt feilgeboten werden.

Als der Mond unterging, machte sich die Karawane auf den Weg. Die Zeltbewohner winkten. »Vergiss meinen Gürtel nicht!«, rief ein Kind seinem Vater nach. »Denk an meine Ohrringe!«, schallte es aus einem anderen Zelt. Bellende Hunde begleiteten die Kamele ein Stück des Weges. Erst vor der Morgenröte wurde es still im Zeltlager.

Am nächsten Tag belagerten die Kinder die umliegenden Hügel und hielten Ausschau.

Rufe hallten wider in der Schlucht, als die Spitze der Karawane, in eine Staubwolke gehüllt, am Horizont auftauchte. Es dauerte nicht lange, bis die Kamele vor den Zelten niederknieten. Erwartungsvoll umlagerte man die prall gefüllten Satteltaschen. Die Frauen und die Kinder des Großvaters versammelten sich im großen Zelt. Der Großvater öffnete eine Satteltasche und zog ein Gewand nach dem anderen heraus. Nach einigem Tauziehen hatte jedes Kind das Gewand, das ihm passte. Beglückt rannten die Jüngeren aus dem Zelt und betrachteten ihre Schatten.

Jedes Mädchen bekam zwei Hände voll Henna.

Am schwierigsten gestaltete sich die Verteilung der Schuhe. Die eine Frau war mit der Farbe nicht zufrieden, der anderen missfielen die Absätze, und fast alle waren mit der Größe unzufrieden. Es dauerte eine Weile, bis die Gemüter besänftigt waren.

Strahlend nestelte der Großvater an der zweiten Satteltasche: »Jetzt habe ich eine Überraschung für euch alle!« Eine Melone nach der anderen rollte aus der Satteltasche. Mit seinem Dolch schnitt der Großvater eine süße Frucht nach der anderen auf. Jedes Kind wollte das Herz der Melone erhaschen. Ein Kind war mit seinem Melonenherz nicht zufrieden: »Es ist nicht süß«, klagte es.

»Nicht alle Herzen sind süß«, sagte der Großvater. »Und jetzt geht in eure Zelte«, bat er. »Der Markttag war anstrengend. Ich möchte mich jetzt ausruhen!«

Als der Großvater spät am Abend erwachte, klagte er über Schmerzen. Man holte die alte Zahaneh. Sie tastete ihm den Bauch ab: »Die Schmerzen kommen nicht vom Bauch, vielleicht vom Rücken«, sagte die Alte. »Der Hakim kann dir helfen!«

Und so schickte man nach dem Hakim. Gewandscheißer empfing ihn und führte ihn zu dem Kranken.

Der Hakim ließ sich neben dem Großvater nieder. »Seit wann hast du Schmerzen?«

»Seit gestern. Ich war auf dem Markt!«

»Zieh dein Gewand aus!« Der Großvater legte sein Gewand beiseite.

»Du bist schlank wie ein Suppenhuhn!«, bemerkte der Hakim.

»Er hat sieben Frauen und wenige freie Tage!«, sagte einer der Anwesenden. Der alte Hakim schmunzelte: »Leg dich auf den Bauch!«

Der Großvater lag auf dem Teppich, und der Hakim fing an, den Rücken abzutasten. Er begann mit der Wirbelsäule. Mit seinem Daumen umkreiste er Wirbel für Wirbel. »Tut es hier weh?« Der Großvater schüttelte den Kopf.

Als der Hakim mit seinem Daumen zwischen dem sechsten und siebten Wirbel angekommen war, ließ der Großvater einen Schrei los.

Der Alte kräuselte die Stirn: »Der Schmerz sitzt zwischen deinem sechsten und siebten Wirbel! Hast du eine schwere Last gehoben?«, wandte er sich an den Großvater.

»Nicht dass ich wüsste!«

Der Stammesälteste grinste: »Du bist nicht mehr gelenkig! Welche deiner Frauen hat dir denn die Wirbelsäule verdreht? Die sechste oder die siebte?«

»Lass das Scherzen! Ich habe starke Schmerzen!«, stöhnte der Großvater.

Der Hakim schlürfte sein Kaffeeschälchen. Dann wandte er sich an den Großvater: »Ich werde dich mit Feuer heilen!«

»Feuer oder Wasser! Ich will die Schmerzen los sein!«, sagte der Großvater.

»Bleib liegen, und beiß die Zähne zusammen!«

Der Hakim kramte in seiner Gürteltasche. Er zog eine getrocknete Blütendolde heraus, die er zwischen den Fingern zerdrückte, bis sie die Form einer Ziegenperle angenommen hatte. Diese legte er zwischen den sechsten und siebten Wirbel. Mit seinem Feuerstein schlug der Alte Funken und zündete die Blütendolde an. Langsam begann sie zu glühen. Eine schmale Rauchsäule stieg empor.

Der Großvater zuckte.

»Das Feuer heilt!«, ermunterte ihn der Hakim. Es dauerte eine Weile, bis die Glut verglomm. Der Großvater war schweißgebadet.

»Wenn die Brandwunde verheilt ist, sind auch deine Rückenschmerzen weg«, versprach der Hakim. »Die nächsten sieben Tage darfst du keine schweren Lasten tragen!« Nach sieben Tagen war der Großvater wieder gesund.

Das, meine kleinen Löwen, war die Geschichte von Raiqa, der siebten Frau des Großvaters. Er heiratete sie im selben. Jahr, in dem der Stammesälteste gefurzt hatte.

Und jetzt ist die Glut in der Feuerstelle verglommen. Nun schlüpft unter die warmen Decken …

Wadha

Heute Abend erzähle ich euch die letzte Geschichte, die Geschichte der achten Frau des Großvaters.

Ein paar Jahre waren ins Land gezogen, seit Raiqa in Aischas Zelt wohnte. In der Zwischenzeit nahm die Zahl der Kinder zu. Die Hebamme hatte in den Zelten des Großvaters viel zu tun. Auch ein zweites Enkelkind hatte sich hinzugesellt.

Gegen Ende des Frühlings, einen Monat vor der Getreideernte, wurde das Stammesgebiet von einer Heuschreckenplage heimgesucht. Wie Nebelschwaden senkten sich die Schwärme auf Felder und Weide. Jeder griff zu Schaufel, Hacke oder Besen, um die Heuschrecken zu erschlagen. Man sammelte die Tiere und verbrannte sie.

Während die Alten besorgt waren, hatten die Kinder Spaß daran, die großen Heuschrecken zu jagen. Sie sprangen hin und her. Und wenn sie ein Tier gefangen hatten, grillten sie es über dem Feuer. Gerne knabberten die Kinder gegrillte Heuschreckenschenkel.

Da die Heuschreckenplage andauerte, waren die

Einbußen hoch. Die Ernte war mager, und auch die Weide hatte gelitten.

Noch lange war die Heuschreckenplage Gesprächsthema in den Zelten. Zwei Vollmonde nach dem Ende der Plage saßen die Männer in Großvaters Zelt und plauderten. Plötzlich zerriss ein Schrei die Stille. Die Männer sprangen auf und stürmten aus dem Zelt. Der Schrei war aus dem Zelt des Stammesältesten gekommen. Der Großvater war als Erster in dessen Zelt. Der Alte lag regungslos auf dem Teppich, seine Frau kniete neben ihm.

Der Großvater bewegte das Kinn des Alten. »Awad! Awad!«

»Er ist tot!«, schluchzte die Frau.

»Er war doch gestern noch ganz munter!«, sagte der Scheich. »Er hat in der Männerrunde ein Pfeifchen nach dem anderen geschmaucht. Und es ist nicht lange her, dass er die Heuschrecken verfolgte!«

Der Kadi seufzte: »Der Tod ist dem Menschen näher als die Zunge dem Kiefer!«

Der Großvater wandte sich an die weinende Frau: »Er war alt, er hatte seine Tage hinter sich. Sein Leben war reich. Allah möge ihm einen Platz im Paradies schenken!«

Am gleichen Tag noch wurde der Stammesälteste auf dem Friedhof beigesetzt. Auf seinen Wunsch hin wurde er neben seiner Mutter begraben. Zahlreiche Besucher aus den benachbarten Stämmen strömten ins Zeltlager. Man erinnerte sich an zahllose Geschichten.

Nach den vierzig Trauertagen wurde ein Schaf zu Ehren des Toten geschlachtet.

Tags darauf stand Gewandscheißer wie gewöhnlich am Brunnen und schöpfte Wasser.

Ein Hirte aus einem der Nachbarstämme spottete: »Ist der Tote nicht der, der furzte, als dein Sohn zur Welt kam?«

Die umstehenden Hirten und Hirtinnen schmunzelten. Gewandscheißer wurde puterrot. Außer sich vor Wut, packte er den Hirten am Hals und schleuderte ihn zu Boden. Dann zog er den Liegenden über den Brunnenrand. »Der Brunnen soll dein Grab sein!«, brüllte Gewandscheißer.

Mit Müh und Not konnten die Umstehenden den Hirten aus den Krallen von Gewandscheißer befreien. Bald erreichte die Nachricht von dem Streit das Männerzelt.

Die Männer der Sippe berieten die Angelegenheit.

»Gewandscheißer hat einen Hirten geschlagen! Der Hirte hat Verletzungen davongetragen! Dazu kommt noch, dass Gewandscheißer ihn in den Brunnen werfen wollte!«, sprach der Scheich.

»Zorn ist blind!«, gab ein anderer zu bedenken.

»Das ändert nichts. Wir sind im Unrecht!«, sagte der Großvater.

Die Sippe beschloss, Vermittler zum Stamm des Hirten zu schicken. Nach langen, zähen Verhandlungen gelang es den Vermittlern, eine Versöhnung einzuleiten.

Männer aus dem Zeltlager begleiteten den Großvater zum Stamm des Hirten. Sie nahmen einen Schafsbock mit sich für das Versöhnungsmahl. Vor dem Versöhnungsschälchen bot der Großvater der Sippe eine Entschädigung an, doch diese lehnte das Angebot großzügig ab. Gewandscheißer entschuldigte sich bei dem Hirten für den Vorfall.

Dass der Streitfall so friedlich beigelegt wurde, nahm der Großvater zum Anlass, reichlich Geschenke einzukaufen für seine große Familie.

Stolz breitete er seine Schätze in Aischas Zelt aus. Er hatte Pluderhosen, Stoffe und Ringe gekauft, die er nun verteilte. »Und jetzt kommt noch eine Überraschung für alle!«, sagte er. Die Kinder spitzten die Ohren. Aus der Satteltasche holte der Großvater eine Staude Bananen heraus. Eine Frucht nach der anderen teilte er aus. Zuerst waren die Kinder an der Reihe, dann seine Frauen.

»Eine Banane für Fatima, eine für Abla …«

»Meine Banane ist kleiner als deine!«, beschwerte sich ein Kind von Sultana gegenüber einem Kind von Abla.

»Dafür hat deine Mutter eine große Banane bekommen!«, hielt ein anderes Kind entgegen.

»Soll ich bei den Bananen etwa auch noch Maß nehmen?«, schimpfte der Großvater.

Chaula blickte ihn an: »Das Herz sieht und nicht das Auge!«

Turfa, die gerade eine kleine Banane bekommen hatte, schleuderte die Frucht in hohem Bogen aus dem Zelt. Die Banane landete neben dem Eselspflock. Der Esel beroch die aufgeplatzte Frucht, dann begann er, sie zu fressen. Weitere Bananen flogen durch das Zelt und klatschten zu Boden. Die Hühner stürzten sich auf diesen seltenen Leckerbissen.

Der Großvater bekam einen Wutanfall: »Was fällt euch ein? Bananen sind kein Esels- oder Hühnerfutter!«

Aischas Augen funkelten. »Mein Vetter, deine Frauen sind undankbar. Im Zelt ihrer Eltern bekamen sie nicht einmal Bananen, wenn sie krank waren!«

Und Raiqa pflichtete ihr bei: »Sie haben diese köstliche Frucht nicht verdient!«

Sultana stieg die Zornesröte ins Gesicht. Sie pflanzte sich vor Raiqa auf: »Du solltest besser den Mund halten! Beinahe wärst du auf der Strecke geblieben! Nur weil du schuftest wie ein Esel, hat er dich geheiratet!«

»Ich werde dir das Maul stopfen!«, schrie Raiqa außer sich. Sie schleuderte Sultana ihre Banane ins Gesicht. Sultana griff nach der Bananenstaude und hieb auf Raiqa ein. Aischa konnte ihr nur mit Mühe die Staude entwinden.

»Aufhören! Aufhören!«, schrie der Großvater.

Seine Stimme wollte sich fast überschlagen. Ohrfeigen klatschten, Kinder brüllten, dann war alles still.

Einen Augenblick später war der Großvater allein. Er schüttelte seinen Kopf: »Ich habe Weizen gesät und ernte Dornen!« Er betrachtete die Hühner, die sich an den Bananen gütlich taten. »Ihr habt es gut!«, murmelte er.

Während der Großvater an seiner Pfeife zog, um den Ärger zu vergessen, näherte sich ein Junge auf einem Eselsfüllen. Vor dem Zelt zügelte der Junge das Tier. »Mein Vater schickt mich zu dir. Wir haben Gäste!«

Der Großvater war erfreut: »Der Himmel schickt dich! Reite voraus, ich komme nach!« Der Junge war der Bruder des Hirten, mit dem Gewandscheißer Streit gehabt hatte.

Kurze Zeit später hatte der Großvater auf seinem Rennkamel den Jungen eingeholt. »Wer sind die Gäste?«, erkundigte er sich.

»Es sind Männer aus einem fremden Stamm! Sie werben um meine Schwester Wadha.«

»Freust du dich, wenn sie heiratet?«

»Nein! Meine Mutter hat durch ein Zeltloch gespäht. Der Mann gefällt ihr nicht für ihre Tochter!«, gab der Junge zur Antwort.

»Und wann wird dein Brautzelt aufgeschlagen?«, scherzte der Großvater.

»Wenn ich so groß wie die vordere Zeltstange bin.

Ich werde vierzig Frauen heiraten!«, brüstete sich der Junge.

Der Großvater lächelte. »Du hast viel vor! Für vierzig Frauen musst du mindestens so groß wie die mittlere Zeltstange und so breit wie ein junges Kamel sein!«

»Und wie viel Frauen hast du?«, wollte der Junge wissen.

»Ich habe sieben Frauen, und das ist schon schwer genug! Wie gut, dass du gekommen bist! Ich hatte Ärger, und jetzt freue ich mich auf die Hammelkeule!«

»Ich habe gesehen, wie die Hühner Bananen fressen!«, sagte der Junge. »Bist du so reich, dass du die Hühner mit Bananen fütterst?«

»Wer hat dir erzählt, dass ich reich bin?«

»Meine Mutter nennt dich ›Vater der Münzen‹!«

»Heute bin ich wohl eher ›Vater der Bananen‹!«

Inzwischen waren die beiden im Zeltlager angekommen.

Der Großvater wurde ins Männerzelt geführt. Ein bunter Teppich wurde zu seinen Ehren ausgerollt, und bestickte Kissen stapelten sich zu seiner Rechten wie zu seiner Linken.

»Du warst heute auf dem Markt, habe ich gehört!«, wandte sich der Scheich an den Großvater. Der Großvater nickte verlegen.

»Wie sind die Preise der Kamele?«, wollte ein anderer wissen.

»Die Preise fallen, seit die Engländer das Land betraten. Die Bäuche der Metzger werden immer dicker, und ihre Beutel sind voll Münzen!«, entgegnete der Großvater.

»Was für Zeiten! Die Schiffe der Wüste enden in den Händen der Schlachter. Sogar nach Ägypten, in das Land der Fellachen, werden Kamele gebracht!«, klagte ein Greis. So sprach man über die Engländer, die Kamele, über den Markt und die Goldpreise, bis die Tabletts mit Fladenbrot und Hammelfleisch aufgetragen wurden. Beim Duft des Fleisches und der Gewürze lief dem Großvater das Wasser im Munde zusammen.

Beim Essen schob der Gastgeber dem Großvater die besten Stücke zu.

Nach und nach entwickelten sich freundschaftliche Bande zwischen dem Großvater und der Nachbarsippe. Wenn der Großvater Gäste bewirtete, lud er die Männer dieser Sippe ein. Und umgekehrt holte der Junge den Großvater ab, wenn sein Vater ein Schaf schlachtete. Und so setzten der Großvater und der Junge ihre Gespräche fort, wenn sie zusammen ritten.

Einmal fragte der Großvater den Jungen: »Wie soll das Mädchen aussehen, das du heiraten willst?«

»Sie soll meiner Schwester Wadha gleichen!«, erwiderte der Junge.

Der Großvater musterte den Jungen. Seine Augen waren groß und schwarz wie die eines jungen Kamels.

Seine vollen Lippen bildeten einen Zauberring. Seine Nase war gerade geschnitten, weder lang noch kurz, und die Wangen waren reifen Granatäpfeln gleich.

»Wenn du Kameläpfel findest, dann ist das Kamel nicht weit! Das ist der Bruder, wie schön muss die Schwester sein!«, dachte der Großvater bei sich.

Dieses Mal waren viele Gäste erschienen, und so bot man dem Großvater einen Platz rechts vom Eingang des Zeltes an. So war sein Gesicht dem Teppich zugewandt, der das Männer- vom Frauenabteil trennte.

Man sprach über dies und jenes, doch der Großvater war wenig gesprächig. Immer wieder wandte er sich von seinem Nachbarn ab und ließ seine Blicke schweifen. Durch ein Loch in der Trennwand fielen Lichtstrahlen in das Männerabteil. Es dauerte nicht lange, bis die Lichtstrahlen verschwanden und stattdessen ein Auge hinter dem Vorhang erschien. Die Lichtstrahlen erschienen erneut, um wieder dem Auge Platz zu machen. Der Großvater folgte gebannt diesem Spiel. Er erinnerte sich an das Gespräch mit dem Jungen.

»Chalil, mein Freund! Komm zu mir! Wir werden zusammen von einem Tablett essen!«, sagte der Großvater zu dem Jungen. Chalil setzte sich neben den Großvater, und dieser begann, den Jungen zu loben. Immer wieder strich er ihm über den Haarzopf. Die geheimnisvollen Blicke durch den Vorhang raubten dem

Großvater den Appetit. Lustlos schob er die Fleischstücke beiseite.

Auf dem Rückweg zu seinem Zeltlager malte er sich die Gestalt hinter der Trennwand aus.

Spät am Abend suchte der Großvater Raiqas Lager auf. Diese schlief tief, denn sie hatte einen arbeitsreichen Tag hinter sich. Sechs Ellen einer Zeltbahn hatte sie gewoben. Der Großvater ließ sich neben seiner Frau nieder. Er lag auf seinem Rücken und dachte an das Auge. Erst hatte ihm der Blick den Appetit genommen, und nun raubte er ihm auch noch den Schlaf.

»Dieser Blick tötet mich! Mir bleibt wenig Zeit. Die grauen Haare verdrängen die schwarzen. Ich möchte diese Augen aus der Nähe betrachten!«, sprach er bei sich.

»Raiqa, Raiqa!«, flüsterte der Großvater. Raiqa schnarchte. Der Großvater strich ihr über die Stirn: »Raiqa!« Es dauerte eine Weile, bis sie erwachte.

»Was willst du von mir! Ich habe heute viel gearbeitet!«, klagte sie.

»Ich weiß, ich weiß!«

Raiqa rieb sich den Schlaf aus den Augen. Sie nahm einen Schluck aus dem Wassersack. Dann benetzte sie ihr Gesicht. Sie blickte den Großvater an. Dieser sprach zu ihr: »O Raiqa! Du bist eine treue Verwandte von mir! Seit dem Einzug in mein Zelt hast du mir zwei Söhne geboren, und die Gäste bekommen ihr Recht!«

Die lobenden Worte erfreuten Raiqas Herz. Der Großvater legte seine Hand auf ihren Haarzopf. »Du weißt, dass sich unsere große Sippe in zwei Linien gespaltet hat. Unsere Linie ist kleiner als die andere. Wer mehr Frauen heiratet, bekommt mehr Nachkommen!« Der Großvater hielt kurz inne. »Ich helfe den Bedürftigen, und der Ruf meines Zeltes ist in aller Munde! Ich habe dir beigestanden, als niemand dich heiraten wollte!«

»Und du weckst mich auf, um mir das zu erzählen?«

»Ich bin nicht mehr im Jünglingsalter. Doch ich möchte noch einmal heiraten!«

»Noch eine Frau? Du hast viele Zelte und viele Nachkommen!«, verwunderte sich Raiqa.

»Es ist nur so eine Überlegung«, lenkte der Großvater ein. »Erinnerst du dich an den Hirten, mit dem Gewandscheißer Streit hatte? Seine Sippe hat großzügig auf Entschädigung verzichtet. Eine Verbindung mit dieser Sippe könnte uns nicht schaden!«

Raiqa wiegte ihren Kopf hin und her. »Die zarten Fleischstücke dort haben ihre Wirkung getan!«

»Das Zeltlager dieser Sippe zieht mich an wie ein Magnet!«

»Du hast immer ein offenes Auge für Frauen. Ein brünstiges Kamel lässt sich schwer zügeln!«

Am folgenden Morgen beim Brotbacken wollte Raiqa Aischa die Neuigkeiten berichten. Doch diese kam ihr zuvor: »Ich habe das Gespräch hinter dem Trennvorhang gehört! Wir sollten ihm keine Steine in den Weg legen!«

Der Großvater tat dem Scheich sein Vorhaben kund, und beide ritten tags darauf zum benachbarten Zeltlager. Die Brautverhandlungen um Wadha waren leicht, denn dem Großvater eilte ein guter Ruf voraus. Stolz nahm der Brautvater die Brautgabe entgegen. Die Münzen klimperten in seiner Gewandtasche.

Als der Großvater und der Scheich zurückkehrten, trällerten Raiqa und Aischa.

»Warum trällern die beiden? Was gibt es zu feiern?«, fragte Abla Turfa.

Turfas Mund verzog sich zu einem spöttischen Grinsen: »Vielleicht hat Aischa einen Sohn geboren! Lasst uns nachschauen!« In Aischas Zelt waren inzwischen auch die übrigen Frauen eingetroffen.

»Was ist der glückliche Anlass für dein Trällern?«, erkundigte sich Chaula.

»Mein Vetter wird heiraten!«, entgegnete Aischa.

Sultana blickte abschätzig auf Raiqa. »Er bringt Unglück über dich, und du trällerst? Du hast den Verstand eines Esels!«

»Ich will keinen Streit mit dir«, sagte Raiqa, und sie fuhr fort: »Deine Aufregung ändert nichts, die Sache ist beschlossen!«

»Wer ist die achte Perle der Gebetskette?«, fragte Abla.

»Wadha, die Schwester des Hirten«, erwiderte Aischa.

»Wie ist das möglich? Mein Sohn hat sich mit dem Hirten gestritten!« Turfa schüttelte ungläubig den Kopf.

»Manchmal gebiert Feindschaft Freundschaft!«, erwiderte Raiqa.

Erwartungsvoll wie ein Jüngling betrat einen Vollmond später der Großvater das Brautzelt. Die Braut übertraf alle seine Erwartungen. Ihre Schönheit blendete ihn. Ihre Augen waren groß wie die einer Wildkuh. Die langen Haarzöpfe wanden sich schlangengleich um ihren Kopf. Sie hatte die Gestalt einer Gazelle. Neben ihrer Schönheit verblasste der Mond.

Als der Großvater am nächsten Morgen das Brautzelt verließ, fühlte er sich um Jahre verjüngt. Strahlend nahm er die Glückwünsche entgegen.

So wurde Wadha die achte Frau des Großvaters. Er heiratete sie im Heuschreckenjahr. Und so gesellte sich ein siebtes Zelt hinzu.

Eines Tages saßen die Männer im Zelt und spielten Sydjeh. Dem Großvater war an diesem Tag das Glück gewogen. Er schlug alle Spieler. Als die Sonne über dem Zeltrücken stand, hatte der Großvater vierzig Eier gewonnen.

»Für heute soll es genug sein!«, sagte er und packte die Eier in sein Gewand. »Für jede Frau fünf Eier«, murmelte er.

Er war auf dem Weg zu Sultana, der Wöchnerin, als ihn eine alte Frau anhielt: »Wie gut, dass ich dich treffe. Ich habe gehört, dass du alle Eier gewonnen hast! Dein Stern steht heute günstig!« Die Alte warf einen Blick in das Gewand: »Ich bin auf der Suche nach befruchteten Eiern für mein Huhn!«

»Greif zu!« Der Großvater öffnete sein Gewand.

Die Alte nahm ein Ei nach dem anderen in die Hand und hielt es gegen die Sonne. »Ich kann deine Eier nicht gebrauchen! Kein einziges ist befruchtet!« Die Alte war enttäuscht.

»Dann gibt es heute in meinen Zelten gebratene Eier!«, sagte der Großvater.

Als der Großvater das Zelt der Wöchnerin betrat, fand er Sultana nicht auf ihrem Lager, und auch die Wiege war leer. »Ich habe Eier für die Wöchnerin! Wo ist sie?«, wandte der Großvater sich an ein Kind.

»Meine Mutter ist weggegangen!«

Der Großvater erkundigte sich in den anderen Zelten nach Sultana. »Sie ist zum Oqbi-Stamm gegangen!«, bekam er zur Antwort.

»Was hat sie dort zu suchen?« Keiner konnte ihm weiterhelfen. Und so besattelte der Großvater sein Kamel und folgte ihrer Spur.

Im Zeltlager des Oqbi-Stammes angekommen, erkundigte er sich nach seiner Frau. Man führte ihn ins Zelt des Frauenrichters.

Nachdem der Großvater seinen Kaffee getrunken hatte, wandte er sich an den Frauenkadi. »O Vater der Frauen! Ist meine Frau bei dir?«

Der Frauenkadi nickte. Das Gesicht des Großvaters errötete. Verlegen fasste er sich ans Kinn. »Weswegen ist meine Frau zu dir gekommen?«

Der Kadi räusperte sich. »Du hast acht Frauen! Und deine Frau Sultana hat dir vor wenigen Tagen einen Sohn geboren! Ist es nicht so?«

Der Großvater bejahte. Der Frauenkadi fuhr fort: »Sultana klagt dich wegen Vernachlässigung an!«

Der Großvater war enttäuscht. »Vernachlässigung? Bis zum vierzigsten Tag ist die Wöchnerin unrein!«

»Mein Sohn!«, wandte sich der alte Frauenkadi an den Großvater. »Laute Worte überzeugen wenig! Seit unzähligen Generationen gibt es in meiner Sippe Frauenrichter. Meine Vorfahren haben mir viele Streitfälle überliefert, und ich habe mehr Fälle behandelt, als dein Zopf Haare hat!« Der Kadi rief Sultana herbei: »Sultana, meine Tochter! Warum klagst du deinen Mann an?«

»Er hat mich vernachlässigt. Vierzig Nächte war er nicht bei mir …«

»Du bist doch Wöchnerin!«, unterbrach sie der Großvater.

»Lass sie ausreden!«, mahnte der Kadi.

»Vierzig Nächte lag ich alleine mit meinem Neugeborenen. Ich verlange, dass du bei mir schläfst, nicht mit mir!«

»Ist das wahr, was sie sagt?«, fragte der Kadi nach.

»Es stimmt!«, bestätigte der Großvater.

»Mein Sohn, du bist im Unrecht. Das ist ein Verstoß gegen die Sitten!«, beschied der Frauenkadi.

Der Großvater wandte sich an seine Frau: »Willst du nicht in dein Zelt zurückkehren?«

»Erst wenn ich mein Recht bekommen habe!«

Der Großvater blickte Hilfe suchend zum Kadi: »Was ist ihr Recht, o Vater der Frauen?«

Der Kadi strich sich über seinen Bart. »Du hast acht Frauen. Von den vierzig Nächten entfallen auf jede Frau fünf. Für jede der fünf Nächte bekommt Sultana als Entschädigung zwei Münzen. Sie legte mit ihrem Säugling die Strecke von ihrem Zelt bis zu mir zu Fuß zurück. Das ist für eine Wöchnerin anstrengend. Dafür bekommt sie drei Münzen. Und achte darauf, dass so etwas nicht wieder vorkommt!«, mahnte der Kadi.

Der Großvater überreichte Sultana dreizehn Münzen, und eine legte er auf den Teppich. »Für die Kaffeekanne!«, sagte der Großvater, als er sich vom Frauenkadi verabschiedete.

Meine kleinen Löwen, nun ist meine Kehle trocken. Das war die Geschichte der acht Frauen des Großvaters. Sie sahen gute und schlechte Zeiten in ihren Zelten. Der

Großvater hatte eine Schar von Kindern, Enkeln und Urenkeln. Sein Zelt war immer offen für Gäste, und sein Ansehen unter den Stämmen war groß. Als seine Seele in den Brunnen der Seelen hinabstieg, war er hochbetagt.

Bis ans Ende seiner Tage hatte er ein Auge für Frauen!

Salim Alafenisch

Der Schriftsteller und Erzähler Salim Alafenisch wurde 1948 als Sohn eines Beduinenscheichs in der Negev-Wüste geboren. Als Kind hütete er die Kamele seines Vaters, lernte mit vierzehn Jahren lesen und schreiben und legte 1971 in Nazareth das Abitur ab. Nach einem einjährigen Aufenthalt in London am Princeton College studierte er Ethnologie, Soziologie und Psychologie in Heidelberg. Von 1984 bis 1989 war er in der Erwachsenenbildung tätig. Salim Alafenisch veröffentlichte mehrere Abhandlungen über die Beduinen. In zahlreichen Lesungen, Rundfunk- und Fernsehsendungen vermittelt er ein eindrückliches und lebendiges Bild der Beduinenkultur.

Die Kunst des Geschichtenerzählens hat Salim Alafenisch von seiner Mutter gelernt. Im Zelt seines Vaters nahm er die Traditionen seines Stammes in sich auf und trägt sie nun weiter. In seinen Geschichten, die sich an Erwachsene, Jugendliche und Kinder richten, erzählt er vom Alltagsleben der Nomaden, von Sitten und Bräuchen der Stämme, von der Geschichte seines Volkes, aber auch vom Zusammenprall von Tradition und Moderne.

Seiner Stammeskultur ist er nach wie vor eng verbunden. Er sagt von sich, dass er nicht zwischen, sondern in zwei Kulturen lebe. Trotz der Situation im Nahen Osten wolle er keine Schreckensbilder zeichnen, denn die abendländische Kultur und das Wissen des Morgenlandes stünden sich nicht feindselig gegenüber, vielmehr befruchteten sie sich seit Jahrtausenden.

Salim Alafenischs Bücher wurden in mehrere Sprachen übersetzt. Der Autor lebt in Heidelberg.

Claudia Piñeiro
Ganz die Deine
»Piñeiro erweist sich als Meisterin der Ironie. Sie ist in der Lage, brisante Themen mit tiefschwarzem Humor in einen spannenden Roman zu gießen.«
Rheinischer Merkur

Leonardo Padura
Ein perfektes Leben
»Leonardo Padura hat ein Meisterwerk der Kriminalliteratur vorgelegt. Und weit mehr als das: Er hat uns süchtig gemacht.«
Abendzeitung

Nii Parkes
Die Spur des Bienenfressers
»Eine glänzende Mixtur aus afrikanischer Kultur, westlicher Wissenschaft, mystischem Zauber und schalkhaftem Humor.« *The Bookbag*

Juri Rytchëu
Traum im Polarnebel
»Hier macht das Wort von der Weltliteratur Sinn: bei diesem Autor, der von einer unbekannten, missachteten Welt am Rande erzählt und dabei universelle Fragen stellt.« *Süddeutsche Zeitung*

Inge Sargent
Dämmerung über Birma
Mein Leben als Shan-Prinzessin
»Inge Sargent erzählt schlicht und eindringlich ihre eigene und damit ein Stück der birmesischen Geschichte.«
Radio Bremen

Galsan Tschinag
Der Wolf und die Hündin
»Ein Autor, der mit einem Werk von archaischer Wucht und feiner Psychologie fasziniert.«
Kölner Stadt-Anzeiger